여

학

생

여학생

배소현 · 황나영 · 박춘근

청소년희곡집

제철소

일러두기

1. 이 책에 수록된 희곡 세 편은 (재)국립극단 어린이청소년극연구소가 개발한 창작극이다. 〈고등어〉는 2016년 5월 19일부터 29일까지 국립극단 소극장 판에서 초연했다. 이래은이 연출을 맡고 류경인, 정새별, 경지은, 한소미, 정지윤이 출연했다. 2017년 10월 13일부터 29일까지 소극장 판 무대에 오른 〈좋아하고있어〉는 연출 김미란과 배우 김별, 김미수, 김민주가 함께했다. 김현우가 연출을 맡은 〈말들의 집〉은 2017년 11월 17일부터 12월 3일까지 백성희장민호극장에서 초연했으며 김태근, 윤영민, 김수아, 홍아론, 백혜경, 김벼리가 출연했다.

2. 이 책의 공연 저작권은 해당 작품을 쓴 작가에게 있으며, 공연과 관련한 모든 사항은 반드시 작가와 협의해야 한다.

3. 이 책은 국립국어원의 한글 맞춤법 규정을 따랐으나, 희곡이라는 장르의 특성상 십대의 표현이나 입말, 작가의 의도가 반영된 편집 등은 최대한 살리고자 했다.

차 례 ————————————————

고등어

배소현

등장인물	정지호	15세, 여자
	강경주	15세, 여자
	친구	효선 / 유경 외
	교사	과학 / 담임
	뱃사람	선장 / 갑판장 / 선원들
	그 외	엄마 / 경찰 / 학생들

무대	무대는 가변적 공간이다.
	무대 위 시간과 공간은 존재들의 이야기 대사에
	따라 변형된다.

일러두기	지호와 경주는 고정된 두 배우가 연기한다.
	그 외의 인물은 '존재' 역할을 맡은 세 명의 배우가
	인물과 화자를 넘나들며 연기한다. 존재들은 극 중
	다양한 인물이 되어 다른 인물들과 관계를 맺으며
	대화를 나누기도 하고, 관객에게 직접 이야기를
	들려주는 화자로서 대화나 독백이 아닌 모든 이야기
	대사를 나누어 맡는다. 이야기 대사를 나누는
	기준은 배우들이 저마다 지닌 특성 및 각 장면과
	순간의 호흡, 리듬감이다.

프롤로그

어둡고 조용한 무대.

지호와 경주, 그리고 세 명의 '존재'가 있다.

속삭이듯 미세하게. 소리가 어둠을 뚫고 나오기 시작한다.

토독토독. 피부를 뚫고 몸속에서 까만 실들이 자라 나와, 겨드랑이 거뭇거뭇, 여기도 거뭇거뭇, 허벅지 꿈틀꿈틀, 척추가 찌릿찌릿, 가슴이 꼼지락꼼지락, 귓불이 간질간질. 손톱이 자라는 느낌. 입술이 마르고, 입속엔 침이 고여, 코끝이 따갑고, 팔다리가 어색해, 아랫배가 묵직해, 발톱이 낯설어, 어깨가 불편해, 눈썹이 간지럽고, 눈꺼풀이 갑갑해, 눈을 비비다 비비다 비비고 비비다… 3초간의 침묵, 이건 눈꺼풀을 열어 눈을 뜨는 소리.

지호   내가 너를

경주   네가 나를

바라보는 소리. 보이지 않는 선이

지호   너에게

경주　　　나에게

닿는, 소리 없는 소리. 그 소리 없는 소리 속 네모난 교실 속, 이 자리에 앉아 이렇게 숨을 들이마셨다 후우— 딱 이만큼 다시 내쉬어 내려온 어깨 높이에서 고개를 오른쪽으로 45도, 아니 47도 돌리면

지호　　　나의
경주　　　너의

눈동자에서 출발한 시선이 1, 2, 3, 4… 15, 16… 128, 129… 376센티미터를 가로질러 닿은 그곳은

지호　　　너의
경주　　　나의

왼쪽 귀 뒤 머리카락과 귀 사이, 작고 푸른 점 하나.

지호　　　나는

그 작고 푸른 점을 바라본다. 바람이 불어오고 물기가 배어 나와 기분 좋은 배릿함에 취해

지호 나는

경주 나는

그 푸른 점 속 바다에 발을 찰방, 담근다. 아스라한 차가움이 척추를 타고 올라와 우주 같은 바다를 헤엄치기 시작하면 삐끔삐끔, 저 멀리 투명한 눈동자가 우리를 바라본다.

지호 나의

경주 너의

둘이 우리의 시선이 타닥, 마주치는 순간

파다닥.

심장 박동 같은 비트가 들려오기 시작한다.

동요의 익숙한 멜로디에서 시작된 노래는 어느 순간 랩이 된다.

파랗게 파랗게 물들었네

하얗게 하얗게 물들었네

파랗게 하얗게 높은 하늘

너는 나를 몰라.

정신을 차려보니 등짝이 파래

뱃가죽이 하얘

함께 손을 비벼

박수 쳐

무릎이 까지도록

춤을 춰

목젖이 뒤집어지도록

웃어

위까지 간까지 소장까지 대장까지

웃어봐

기분이 좋을 땐 손뼉을 쳐

슬플 땐 달려

하늘까지 바다까지 풍덩

숨을 쉬어

뻐끔뻐끔

헤엄쳐

빠르게 매끄럽게 우아하게

나를 싸구려라 놀리지 마

싸고 흔하지만 싱싱해 탱탱해

다른 무엇보다

성질이 좀 급해

도망치던 끝에

그물에 잡히면 꼴까닥

이내 까무러쳐 죽어버려.

푸르고 푸른

푸르고 푸른

하늘보다 푸른

바다보다 푸른

푸르고 푸른

푸르고 푸른

...

1장

강경주. 이 소녀의 이름은 강경주입니다. 경주는 학교에 오면 하나, 물수건으로 책상을 슥 닦아내고 둘, 잘 다린 손수건을 착 펴고는 셋, 엎드립니다. 경주는 잠을 많이 자서인지 피부가 아주 좋고, 활짝 웃는 모습이 라임 한 조각을 넣은 사이다처럼 포르르 상쾌하지만, 잘 안 웃어요. 경주가 치아를 드러내고 웃는 일은 거의 없습니다.

지호. 정지호. 지호는 경주를 힐끔힐끔 바라봅니다. 경주를 대놓고 쳐다볼 순 없습니다. 사고를 쳐서 한 학년을 꿇었다는 옆 반의 무법자 '달걀 언니'도 경주를 건드리지는 못합니다. 심지어 선생님들조차 경주 앞에선 무언가 삐질삐질 움찔움찔? 가령 경주는 며칠 전 변태 과학 선생을 한마디로 발라버렸습니다. 열다섯 살은 생선으로 치면 제일 기름지고 탱탱하고 맛있을 때라나? 암튼 미친 소리를 미친 줄도 모르고 해대는 선생님 앞에서 다 들리는 혼잣말을 툭.

경주   존나 조루 걸린 늙은 생선 대가리 침 떨어지는 소리 하고 앉았네.

물론 경주의 말에는 조루 걸린 남성과 늙은이, 생선에 대한 비하가

담겨 있지만 강경주는 존나 멋있습니다. 경주의 몸에는 경주만의 무 늬들이 새겨져 있습니다. 하얀 손등에는 몽글거리는 갈색 동그라미 들이 알알이 박혀 있고, 가느다란 팔뚝에는 '사랑해 김민수'라는 글 자와 대칭이 조금 삐뚤어진 하트가 희미하게 새겨져 있는데, 그게 바 로 담배빵과 칼빵이라는 사실은 나중에 알게 되었습니다. 그리고 무 엇보다 경주의 왼쪽 귀 뒤, 귀와 머리카락 사이엔 직경 50밀리미터 정도의 푸른빛 점이 하나 있습니다. 지호가 그 푸른 점을 처음 본 건 사실 몇 달 전 어느 오후.

찰박찰박. 지호는 물기가 찰박거리는 바닥을 밟으며 엄마를 따라 수 산시장 골목을 걷고 있었습니다. 온몸을 휘감는 배릿한 바다 냄새. 빨갛고 파란 고무 대야마다 뻐끔거리는 물고기들 사이를 목줄에 매 인 강아지처럼 따라 걷던 지호가 고향은 부산, 노량진에서 생선 장사 만 30년 넘게 해왔다는 가게 주인에게 생선의 원산지와 신선도의 관 계에 대해 한 수 가르치고 있는 '노원구 출신의 엄마' 뒤에서 거의 울 상이 되어가던 그때, 지호와 같은 교복을 입은 한 소녀가 지호를 스 쳐— 지나갑니다. 그 순간 지호의 시선 끝, 왼쪽 귀 뒤와 머리카락 사 이 푸른 점이 사진처럼 찰칵. 지호의 시선이 소녀의 뒷모습을 좇습니 다. 소녀는 수산시장과는 어울리지 않는 발걸음을 살랑이며 커다란 활어 수조 앞에 멈춰 서더니, 가방에서 하얗고 커다란 헤드폰을 꺼내 어 씁니다. 수조 속에 옮겨진 바다, 그 속을 헤엄치는 물고기, 그것을 바라보는 소녀의 뒷모습. 그 순간 그곳은 파랗고 하얗고 작고 커다란 세계.

지호는 이제 그 소녀의 이름이 강경주라는 사실을 압니다. 경주와 같은 반이 된 지 어느새 6개월. 지호는 여전히 경주를 바라'만' 봅니다. 그런 지호의 특기는 바로 '없는 것처럼 있기'.

지호　　가끔 이런 상상을 해. 나는 어쩌면 책상, 아니면 그 밑의 의자, 아니면 테이블 위의 물컵? 분명히 있는데… 그냥 있을 뿐이야. (경주를 바라보며) 근데 경주는 달라.

경주, 하얀 헤드폰을 쓰고 있다. 무엇을 듣고 있는지 알 수 없지만, 자기만의 시간 속에 있는 듯 보인다. 지호, 그런 경주를 하염없이 바라본다.

지금은 쉬는 시간. 지호는 같은 반 친구 효선, 유경과 함께 있습니다.

아이들, 책상에 모여 앉아 거울을 들여다보거나 사탕을 까먹으며 수다를 떤다. 지호는 무리에 함께 있지만 잘 끼지 못한다.

효선　　야, 쟤는 맨날 혼자 뭘 저렇게 듣냐?

유경	강경주? 쟤야 뭐. 궁금하면 물어봐.
효선	됐어. 뭔가 우리 같은 인간 따위랑은 안 어울리겠 다고 막 온몸으로 말하고 있는 것 같지 않냐?
유경	내 말이. 쫌… (말하려다 말고) 아니다.
효선	니네 윤지영이나 조심해.
유경	내 말이. 걔 남 얘기 존나 쩔어.
효선	지금도 어디서 존나 남 얘기 하고 있을걸?
유경	내 말이. 밥 먹고 할 일 존나 없나 봐.
효선	야, 근데 걔 진짜 많이 먹지 않냐?
유경	존나 내 말이. 미친년이 볼 때마다 몽쉘 처먹어, 어이없게.
지호	근데 니네도 지금 지영이 얘기 하는 거 아니야?
유경	내 말…. (말하려다가 순간 지호의 말을 알아듣고 당황 해 멈춘다.)
효선	(황당해서) 뭐?

효선과 유경, 수다의 맥락을 끊어먹는 지호가 어이없다.

| 효선 | (비아냥거리며) 지호야, 넌 아무 생각이 없지? (유경
과 눈빛을 교환하며) 야, 매점이나 가자. |
| 유경 | (어이없다는 듯 지호에게) 노답아…. (더 말하려다 말 |

고 효선에게) 가자.

효선과 유경은 매점으로 가고 지호 혼자 남겨진다. 기가 죽은 지호. 고개를
떨구며 한숨을 내쉰다.

지호   입 다물고 있을걸. 역시 엄마 말이 맞는 걸까?

지호, 책상 서랍에서 일기장을 꺼내 펼친다.

어린 시절, 지호는 방에서 혼자 노는 날이 많았습니다. 하루는 지호
의 방에 분홍색 코끼리 한 마리가 나폴나폴 날아옵니다. 하늘을 나
는 분홍색 코끼리라니. 지호는 부엌에 있는 엄마에게 달려갑니다. 설
거지 중이던 엄마의 옷자락을 잡은 지호가 폴짝폴짝 춤을 추며, 대체
어떤 이름이 코끼리에게 가장 어울릴지 고민을 한 바가지 쏟아놓습
니다. 그런 지호에게 엄마가 마침내 입을 엽니다.

엄마   조용히 좀 해.

지호는 이제 열다섯 살, 여전히 말들이 가득합니다. 열다섯 살 지호
의 보물 1호는 일기장, 무려 색깔별로 세 권. 빨간 일기장엔 답답하
고 화난 이야기, 파란색엔 슬픈 이야기, 노란색엔 기분 좋은 이야기

가 깨알처럼 담겨 있습니다.

너무 별거 아니어서, 부끄러워서, 눈치 보느라 할 수 없는 말, 말, 말
들을 쓰고 또 쓰고, 쓰고 또 쓰고, 쓰고 또 쓰는 지호가 경주를 바라
봅니다. 경주는 이따금 잠에서 깨어나 창밖을 내다보기도 하고, 하얗
고 커다란 헤드폰을 끼고 음악을 듣다 가끔 노래를 흥얼거리기도 합
니다. 지호는 그 작은 소리를 온 세상처럼 듣습니다. 촤아아 촤아아,
경주의 노래가 속삭이는 작은 파도처럼 밀려와 지호의 발끝을 적십
니다. 혀끝에서 피어나는 작은 노래가 해 질 무렵 바람처럼 살며시
지호의 뺨을 스치는 순간, 경주가 자리에서 일어납니다. 경주는 오늘
줄무늬 양말을 신었습니다. 파란색과 검은색이 번갈아 새겨진 발목
이 살랑살랑. 발걸음이 닿는 곳마다 파란 물기가 스며 나옵니다. 매
끈한 종아리와 가느다란 발목이 만드는 곡선, 꼭 깊은 바닷속을 헤엄
치는 물고기 같은 그 우아한 발걸음이 다가와 지호를 스쳐— 지나갑
니다.

경주가 스쳐 지나가는 순간, 지호는 충동적으로 뭔가를 해보기로 결심한다.

현재 시각 오전 10시 55분, 2교시와 3교시 사이 쉬는 시간. 지호가
일기장 맨 마지막 페이지를 폅니다.

지호, 일기장을 펴고 편지를 쓰기 시작한다.

펜을 잡은 손끝에 잔뜩 힘이 들어간 채 머릿속 뇌세포들이 총출동.
세상에서 가장 멋진 말을 쓰려 하는데

지호　　 "안녕, 경주야?" 아니, 이건 너무 식상해. "친애하
　　　　　 는 경주에게." 뭐야… 70년대야?

비슷한 말을 썼다 지웠다 썼다 지웠다. 온 정성을 다해 겨우 쓴 한
마디.

"우리 친구 할래? 010-42X4-X76X 내 번호. 지호."

경주에게 쓴 첫 번째 쪽지! 지호는 노트 안쪽에 자를 대고 페이지를
조심스럽게 찢어내 바짝 자른 손톱으로 꾹꾹 눌러 접은 뒤 슬쩍, 경
주의 책상 위 도날드덕이 그려진 노란색 노트 아래 숨겨둡니다.

몹시 긴장한 지호. 조심스럽게 주위를 두리번거린다.

지호　　 아무도 못 봤겠지?

지호는 심장이 터져버릴 것 같습니다. 손끝은 차가운데 손바닥에서는 땀이 납니다. 이상합니다. 그때 교실 앞문이 드르륵 열리고 경주의 하얗고 가는 발목이 스윽. 저 매끈한 종아리.

교실 문이 열리고 경주의 발목이 등장한다. 지호의 시선이 경주의 발목과 종아리에 꽂힌다.

지호는 상상합니다. 커다란 주사기를 배꼽 옆에 푹 찔러 넣어 배와 옆구리에 덕지덕지 붙은 지방덩어리들을 모조리 뽑아내는 겁니다. 촵촵촵. 배는 납작, 허리는 잘록. 종아리의 터질 것 같은 알통도 칼로 샥샥 썰어낸 다음 매끈하게 당겨 꿰매버리고 온몸의 털도 모조리 뽑아버리든가 레이저로 촤아아악 바싹 태워 없애버려 온몸이 매끈매끈 반짝반짝!

지호의 눈에 경주는 다시 태어날 필요가 없어 보입니다. 경주는 완벽하니까요. 완벽한 경주가 자리로 돌아와 앉습니다. 노트 아래 슬쩍 삐져나온 쪽지가 지호 몸의 일부처럼 후덜덜. 지호가

지호　　　역시 사람은 안 하던 짓을 하면 안 돼.

라고 생각하는 사이, 효선이와 유경이가 돌아옵니다.

교실로 돌아온 효선과 유경, 지호를 못 본 척 스쳐 지나간다.

짜장범벅과 피자빵 냄새. 지호를 못 봤을 리가 없습니다. 이윽고 4교시. 변태 과학은 또 미친 소리를 해대고 있고, 지호는 자신이 수억 개의 세포로 분해돼 공기 중으로 서서히 사라지는 상상을 합니다. 오늘의 주제는 '용해도'. 과학은 용해도의 정의를 노래로 만들어 무한반복 시키며 지휘를 하고 있습니다.

반 아이들, 모두 과학 선생의 지휘에 따라 노래를 부르고 있다.

아이들   용매 100그램에 최대로 녹는 용질의 질량수 용해도라 합니다.

그런데, 굳게 다문 경주의 입술이 은근슬쩍 노래를 읊조리기 시작.

경주, 노래를 슬쩍 따라 부르기 시작한다.

지호도 그 어이없는 노래를 따라 부르기 시작.

그런 경주를 보고 지호도 노래를 따라 부르기 시작한다.

지금 이 순간 변태 과학의 '용해도'로 대동단결, 세계 평화가 이루어
지려고 합니다.

아이들   (다들 뭔가에 홀린 것처럼) 요옹매애 100그라메에
최애대로 노옥느은 요옹질의 질량수우 용해도라
합니다아.

사이비 종교 집회 같은 수업이 정신없이 흘러가던 그때, 지호 자리에
쪽지 하나가 톡.

지호, 깜짝 놀란다.

지호   설마… 경주?

책상 위 쪽지가 마치 살아 있는 것처럼 파닥입니다. 파닥파닥. 파다
닥 파다닥. 다행히 물지 않아요.

지호, 마음을 가다듬으며 손으로 쪽지를 조심스레 어루만지기 시작한다.

매끄러운 듯 오톨도톨한 종이의 감촉. 접힌 부분을 서서히 펴는 손가

락 지문의 결 하나하나가 촉을 세우며 마침내 시간이 멈춘 듯, 운명의 선고장이 열리듯 쪽지가 입을 엽니다.

지호, 거의 감고 있던 눈을 조심스럽게 뜬다.

"일기장 잘 봤어. 너 무서운 애더라? 그런 건 간수를 잘 했어야지. 남 애기는 그렇게 하는 거구나. 한 수 배웠다."

지호, 놀라서 쪽지를 떨어트린다. 다급하게 책상 서랍과 가방 속, 주머니 속을 마구 뒤진다. 이윽고 빨간 일기장이 없어졌다는 사실을 깨닫는다.

지호　　　없어. 빨간 일기장이 없어. 어떻게 된 거지?

지호의 머릿속, 빨간 일기장에 써놓은 말들이 스쳐 지나간다. 그 누구에게도 말하지 않은, 오직 일기장에만 쓰는 지호 마음의 바닥들이다.

"싫다. 짜증난다. 역겹다. 재수 없다. 병신 같다. 불쌍하다. 혐오스럽다. 추하다. 엄마는 자기는 하나도 못 참으면서 나한테 자꾸만 참으라고 한다. 모순덩어리. 그러니까 다른 아줌마들이랑 못 어울리지. 효선인 호의를 가장해서 자기가 원하는 걸 손에 넣는다. 야비하다. 차라리 솔직하면 좋겠다. 유경인 더 가관이다. 옆에서 쓸데없이 맞장

구만 친다. 한심하다."

변태 과학은 90도 시 60프로 농도의 질산칼륨 수용액 500그램을 20도 시로 냉각시킬 때 석출되는 칼륨의 양을 미친 사람처럼 설명하고 있고, 효선이와 유경이는 지호의 빨간, 하필 빨간 일기장을 보았고, 지호가 쓴 쪽지는 아직 도날드덕이 그려진 노란색 노트 아래에! 지호의 등과 뒷목 그리고 정수리에 차가운 땀방울이 맺힙니다.

점심시간을 알리는 종소리가 울린다. 효선과 유경. 지호에게 다가온다. 평소와 다름없는 모습이다. 지호, 바짝 긴장한다.

유경   밥 먹으러 가자.
지호   (당황해서) 어? 어….

지호, 불안하고 이상한 느낌을 감지하지만 효선과 유경 무리에 휩쓸려 급식실로 향한다.

여기는 급식실. 오늘 점심 반찬은 자반고등어구이. 목욕탕처럼 뿌연 연기 속 급식실은 구운 고등어 특유의 기름지고 배릿한 냄새로 가득합니다.

효선, 유경, 지호가 한 테이블에 앉는다.

지호의 심장이 타닥거리는 시한폭탄처럼 타들어갑니다. 일단, 밥알을 씹어 삼킵니다.

효선   (고등어구이를 가리키며) 지호야, 이거 먹을래?

지호   (당황해서) 어?

효선   나 생선 싫어하잖아. 몰랐어?

유경   너 은근 우리한테 관심 없다?

지호   아… 그게….

효선   (고등어를 지호의 식판에 옮겨주며) 너 먹어. 등 푸른 생선이 몸에 좋다잖아.

지호   어… 고마워.

지호, 불안한 듯 마른침을 겨우 삼킨다. 식판 위 고등어를 잠시 응시하다 먹기 시작한다.

지호의 젓가락 끝이 파르르 몸을 떨며 식판 위 고등어의 살점을 떼어냅니다. 살점이 떨어져나간 자리, 앙상한 뼈. 지호는 처음으로 고등어구이가 죽은 생선의 몸, 이라는 사실을 깨닫습니다. 그때 효선, 지호의 빨간 일기장을 꺼내 테이블 위에 올려놓는다.

효선   무릎 꿇고 빌어. 그럼 돌려줄게.

지호   (놀라서) 어? (당황한 나머지) 미안. 내가 잘못했어.

유경   그러니까 무릎 꿇고 빌으라고.

지호   미안, 내가 다 설명할게.

효선   지금 이거 소리 내서 읽을까?

유경   애들 여럿 잡을 텐데?

지호, 이를 악물고 자리에서 일어난다.

지호가 자리에서 일어납니다. 수백 개의 귀, 수백 개의 눈동자. 수천 개의 이빨이 밥알과 고등어의 살점을 씹고 수백 개의 목소리가 뱉어 내는 말들이 급식실 위를 둥둥 떠다니는 사이, 지호의 무릎이 차가운 타일 바닥에 닿습니다. 급하게 씹은 고등어의 작은 껍질 조각 하나가 지호의 입천장에 달라붙어 있습니다. 침을 삼켜보지만 떨어지지 않습니다.

지호   미안.

급식실 위를 떠다니던 글자들이 지호의 작은 등을 향해 날아와 박힙니다. 저 멀리 급식실 문은 머나먼 세상의 끝.

급식실 문까지. 테이블과 테이블 사이의 길이 미로 같다.
지호, 다급히 일어나 식판을 들고 급식실 문을 향해 도망치듯 달려간다.

지호의 발걸음이 발보다 빨라집니다. 테이블과 테이블 사이, 거미줄처럼 교차하는 싸늘한 눈빛들 사이를 안절부절 달리던 지호의 왼발이 오른발 뒤꿈치에 탁.

지호가 발을 헛디뎌 넘어지려는 순간, 시간이 정지한 듯 식판의 밥과 국, 반찬들이 공중에 붕 떠오른다.

새빨간 깍두기가 다섯 개, 먹다 만 고등어구이 반 토막, 시금치와 당근과 오뎅이 들어간 잡채, 쪽파가 띄워진 콩나물국, 보리쌀이 섞인 밥 반 주걱이 공중에 붕 떠올라— 철퍼덕.

지호, 식판을 엎지르며 바닥에 주저앉는다.

그때

경주, 등장한다.

저기 멀리서 살랑살랑, 물속을 우아하게 헤엄치는 듯한 발목이 다가옵니다. 파란색과 검은색이 새겨진, 한 번도 땅에 닿은 적 없는 듯한 발걸음이 살랑살랑. 그 순간 이곳은 마치 까만 밤, 깊고 깊은 바닷속, 파랗고 하얗고 작고 커다란 세계. 지호의 작은 숨이 조그만 공기방울이 되어 피어오릅니다.

경주, 지호에게 살랑살랑 유유히 다가온다. 지호는 고개를 들 수조차 없다. 지호의 머릿속 온갖 생각과 감정 들이 터져 나와 엉키고 부딪히며 뇌세포 들이 저려온다.

지호　　제발 나를 못 봤기를. 봤다면 제발.

살랑살랑. 파랗고 검고 하얀 발목이 지호를 스쳐— 지나갑니다.

경주가 지호를 지나쳐 가는 순간, 지호의 파랗고 하얀 세계는 무너진다.

차가운 타일 바닥. 차갑게 식은 고등어구이 반 토막이 지호를 바라봅니다. 까끌까끌. 입천장에 붙어 있는 고등어 껍질이 아무리 침을 삼켜도 떨어지질 않습니다. 지호는 오늘 조퇴를 했습니다.

지호, 방 안에 혼자 웅크리고 앉아 일기장을 바라보고 있다. 일기장을 물끄러미 보다가 집어던진다.

지호   아무 말도 못 했어, 바보같이. (사이) 어디서부터
        잘못된 거지? 이제 어떡해야 하는 거지? (사이, 억
        울하다는 듯) 하필 그걸 봐가지고. 근데 보면 안 되
        는 거잖아. 걔네가 훔쳐본 거잖아. 아… 모르겠어.
        근데 억울해. (훌쩍인다.)

그때. 지호의 휴대폰이 울린다. 이 시간에 문자가 오는 일이 거의 없는 지호, 놀란다.

보낸 번호 : 010-X819-2X5X
"괜찮냐?"

지호, 콧물을 훔치며 문자를 확인한다. 모르는 번호다.

보낸 번호 : 010-X819-2X5X
"나 경주."

지호   헐.

지호, 놀란 나머지 잠시 멍하다 마음을 가다듬고 답장한다.

보낸 사람 : 지호

"응⋯. 괜찮아. (사이) 고마워."

보낸 번호 : 010-X819-2X5X

"다행이네. (사이) 나올래?"

보낸 사람 : 지호

"(당황해서) 어⋯ 지금?"

보낸 번호 : 010-X819-2X5X

"응, 친구하자며."

지호, 경주의 말에 심장이 뛴다.

지호　　　이건⋯ 친구하잔 말?

지호가 어쩔 줄 몰라 하는 사이 다시 휴대폰이 울린다.

보낸 번호 : 010-X819-2X5X

"학교 가는 길 카페 브람스 아래, 하천 다리 밑. 콜?"

지호, 얼떨결에 일단 답한다.

보낸 사람 : 지호

"응. 갈게!"

지호, 시계를 보며 시간을 확인한다.

지호　　　밤 10시 23분. 너무 많이 생각하지 말자.

지호가 두 번째로 안 하던 짓을 해보려 합니다. 방문을 슬쩍 열고 집 안의 동태를 살핀 뒤, 미니시리즈 시청 중인 엄마의 온 마음이 꽃미남 주인공에게 꽂힌 틈을 타 현관까지 살금살금, 신발을 살며시 들고 기다리다, 드라마 속 누군가가 나라 잃은 백성처럼 오열하는 순간 현관문 찰칵, 탈출 성공!

지호, 안도의 숨을 내쉬며 신발을 신고 달리기 시작한다. 달리는 속도가 점점 빨라진다.

지호가 늦은 밤을 달리기 시작합니다. 왼발 오른발 왼발 오른발, 오른발 왼발 오른발 왼발. 온몸 세포가 귀를 쫑긋, 레모나 한 봉지를 톡톡 털어 넣은 것처럼 온몸에 침이 고입니다. 밤공기의 입자들이 지호의 뺨을 스치는 소리가 촤아아 촤아아. 웅크린 몸이 깨어나자 움츠러든 마음도 서서히 기지개를 펍니다.

지호   (달리며 외친다.) 이거 꿈인가? 나는 밤을 달린다! 목적지는 강경주!

헉, 헉, 헉. 지호의 숨이 턱까지 차올랐을 때 저 멀리, 경주가 보입니다.

경주, 커다란 화분 몇 개를 낑낑거리며 옮기고 있다. 왠지 모르겠지만 잔뜩 화가 나서 흥분한 상태다.
경주와 마주한 지호, 잔뜩 긴장한 채 경주에게 인사한다.

지호   저기, 안녕? 반가…

그때, 경주의 코에서 코피가 주르륵 흐른다. 지호, 깜짝 놀라 다가간다.

지호   어? 너, 코피!

경주, 지호의 말에 흠칫. 코피를 닦으며

경주   아이 씨, 개새끼. 누군 성질 없어서 참는 줄 아나.
(손에 묻은 피를 닦으며) 아, 피 아까워. 존나 빡쳐서
돌아버리겠네.

지호, 예상과 다른 경주의 모습에 놀라서 굳어 있다.

경주   놀랐냐? 나 원래 열 받으면 가끔 코피 나. 금방 멎
어. (사이, 들뜬 숨을 내쉬며) 한잔할래?

두 사람은 하천가 벤치에 앉습니다. 캄캄한 어둠 속 희미한 가로등
불빛이 깜박깜박. 나쁜 일 일어나기 딱 좋아 보이는 하천 다리 아래,
밤바람이 시원하게 불어옵니다.

경주는 캔 맥주를, 지호는 바나나우유를 마신다.

경주   (맥주를 들이켜고) 캬. 죽인다. (지호에게) 넌 무슨
바나나우유냐? 애도 아니고.
지호   나도 한번 마셔봐도 돼?
경주   (맥주를 건네며) 마셔봐, 보리차야. 건강음료.

지호 인생의 첫 맥주 한 모금이다. 조심스럽게 마셔본다. 시원한 맥주가 지호의 목을 타고 흐른다.

지호   (감탄하며) 오, 완전 시원해. 이래서 사람들이 맥주를 마시는 거구나.

경주   (풉, 웃으며) 너 귀엽다?

지호   (쑥스러워하며) 고, 고마워.

두 사람, 조금 어색하다. 경주, 밤공기를 깊게 들이마셨다가 내쉬어본다.

경주   하… 밤공기 좋다.

지호   응. 이 시간에 이렇게 밖에 있어보는 거 처음이야.

경주   부른다고 진짜 오네?

지호   어? 아… 응….

지호, 어색해서 쭈뼛거린다. 경주, 그런 지호를 보며 묻는다.

경주   넌 뭐가 제일 답답하냐?

지호   나? (곰곰이 생각하다가) 나는… 답답한 내가 제일 답답해.

경주	(품, 웃으며) 존나 뭔 말인지 알겠다.
지호	(사이) 잘 모르겠어. 뭐가 맞는 건지. 꼭 혼자 작은 유리컵 속에 들어와 있는 것 같아. 아닌 척해봐도 결국 혼자인 것 같고. (잠깐 사이) 그냥 적당히 적응해야 되는 걸까. 그게 잘 안 되는 걸 어떡해. 원래는 그냥 꾹 참았는데, 요즘은 잘 안 참아져. 기침처럼 자꾸 나와. 나 답답하지?
경주	니가 답답한 걸 왜 니가 무시하냐? (사이) 기침 같다며. 그건 똥 같은 거 아닌가? 야, 참지 마. 변비 걸려. (사이) 니가 힘든 걸 하찮게 여기지 마, 안 그래도 참아야 될 거 존나 많은데. 요즘 세상엔 무조건 좆까 정신이야. 근데 말이 쉽지. (다시 맥주를 들이켠다.)
지호	너도… 어려워?
경주	나라고 별수 있냐? 집구석은 엉망이고, 학교랑은 친해지기 어렵고. 아오 씨, 또 짜증 나네. 너도 그러냐? 요샌 열 받으면 확 다 엎어버리고 싶고 욕 나오고 막 울고 싶고. 학교는 존나 수학 공식, 거 뭐냐? 용매 100그램?
지호	용해도?
경주	그래, 그런 거 말고 열 받고 짜증 나고 힘들 때 뭘

어떻게 해야 하는지, 그런 걸 가르쳐야 되는 거 아
니야? 맨날 조용히만 하래. 소리라도 지르게 해주
든가.

지호, 가슴을 툭툭 치며 갑자기 마이크 테스트라도 하듯 소리를 내본다.

지호   아, 아아.

경주, 뭐 하냐는 듯 갸우뚱하며 지호를 바라본다.
지호, 주먹을 꽉 쥐고 소리를 질러본다.

지호   아아아아아, 아, 아, 아, 아아, 아아, 아아!

소심하던 소리가 점점 커져가지만 여전히 소심하고 귀엽다.

경주   (어이없어하며) 너 지금 소리 지른 거냐?
지호   (뿌듯해하며) 어. 진짜 해보고 싶었거든.
경주   (풉, 웃으며) 야, 봐봐.

경주, 차분히 심호흡하고 소리를 지르기 시작한다. 사자후 같은 소리가 터
져 나온다.

경주   으아아아아아아아아아아아아아아아아아아아
아!

놀라서 쳐다보던 지호도 합세한다.
두 사람, 마주 보고 함께 주고받으며 한바탕 신나게 소리를 지른다.

함께   으아아아아아아아아아아아아아 아아아 아아아아
아아아아아 아아아아아아아!

원 없이 소리를 내지른 두 사람, 숨이 차서 헉헉거리며

지호   아, 숨통 트여!
경주   아오, 속 시원해!

그때, 경주의 눈에 화분들이 들어온다.

경주   야, 우리 이거 깰까?
지호   깨자고?
경주   아까 열 받아서 뛰쳐나오는데 이것들이 날 째려
보네? 들고 나왔지. 개새끼 보물. (지호가 못 알아듣

자) 아, 개새끼는 울 엄마 애인. 나는 아빠가 없고,
엄마한텐 애인이 있지. 암튼 술만 먹으면 존나 개
지랄하면서 화분은 또 존나 챙겨, 어이없는 새끼
가. 엄만 그런 새끼 뭐가 좋다고. 아, 또 짜증 나네.

지호, 맥주 캔을 집어 들고 쭉 들이켠 뒤 결심한 듯 말한다.

지호　　　깰까?

경주, 조금 놀라고 반가운 마음에 눈이 반짝인다.

경주　　　콜?
지호　　　콜!

두 사람, 함께 화분을 든다.

경주　　　존나게 던지는 거야. (사이, 심호흡하고) 하나, 둘,
셋!

지호와 경주, 화분을 있는 힘껏 집어 던진다. 화분이 바닥에서 산산조각 나
는 경쾌한 소리가 고요한 밤을 깨운다.

지호	대박.
경주	죽이는데? 하나 더?
지호	콜!

지호와 경주. 신나게 화분을 던지며 깨트린다. 파편이 부서지는 소리가 경쾌하게 울려 퍼진다.

한밤중 둘만의 작은 축제. 두 사람의 몸이 들썩인다. 신나게 방방 뛰며 파편을 던지다가 경주, 지호에게 묻는다.

경주	지금 제일 보고 싶은 사람 있냐?
지호	사람 말고 우리 고양이 호새. 엄마가 털 날린다고 다른 집에 보냈어. 내 유일한 친구였는데.
경주	헐.
지호	넌? 보고 싶은 사람 있어?
경주	김민수.
지호	남자 친구?
경주	헤어졌어.
지호	헐.
경주	넌 연애 안 하냐?
지호	호새 보고 싶다니까? 보고 싶다, 정호새!

경주   연애나 해, 기지배야. (손 툭툭 털며) 인생 뭐 있냐?
사랑이지, 사랑.

지호, 호기심에 눈을 반짝이며 묻는다.

지호   넌 사랑이 뭐라고 생각해?

경주   사랑? (잠시 생각하다) 사랑은… 그냥 몸이 아는
거? 막 설레고, 간지럽고, 미치겠고, 죽고 싶고, 바
보 같은데도 너무 좋아서, 그 좋은 게 힘든 것들을
다 이겨먹는 거? 내가 책 진짜 안 읽는데 확 와 닿
아서 공책에 써놓은 말이 있거든?

지호   뭔데?

경주   삶을 살아가는 힌트. 최고로 사랑하는 사람을 하
나 만들 것.

지호   헐, 넌 있어? 최고로 사랑하는 사람.

경주   비밀.

지호   야, 뭐야— 말해줘!

경주   바보냐? 비밀을 말하게?

지호   친구하자며. 친구 사이엔 비밀도 말하고 그러는
거거든?

경주   캐묻는 게 친구냐? 지켜주는 게 친구지.

지호   (감탄해서) 헐…. 사실 나도 진짜 그렇게 생각해.

              (놀랍다는 듯) 어떻게 이렇게 생각이 똑같지?

경주, 역시 우리는 통한다는 듯 지호에게 주먹인사를 건넨다. 두 사람, 자연스럽게 신체를 활용한 둘만의 제스처 인사를 만든다. 투닥투닥 스윽스윽 툭툭 오예.

2장

똑같은 태양이 뜨고, 똑같이 억지로 일어나, 똑같은 교복을 입고, 똑같은 자리에 앉아 지호는 경주를 히죽히죽 바라봅니다. 지호의 자리에서 대각선 2시 방향, 376센티미터의 시선이 날아가 경주를 톡 건드리면 경주의 어깨가 찌릿, 고개가 슬쩍.

경주, 고개를 돌려 지호를 향해 눈을 찡긋 윙크한다.

지호는 오늘 경주의 서랍 속에 쪽지와 레몬 사탕을 넣어뒀습니다. 상쾌한 레몬 향기가 은은하게 퍼져 나옵니다.

경주, 사탕 껍질을 벗긴다. 기분 좋은 레몬 향기에 미소 지으며 사탕을 입에 넣는다.

변태 과학 선생은 오늘 또 하나의 명곡이 탄생했다며 원소 주기율표를 노래로 만들어 부르고 있고

학생1   (혀를 차며) 꿈이 음악가였대.
학생2   이거 '학교 종이 땡땡땡'이잖아.

과학   자, 다들 조용! 열 번 반복한다!

학생들   (지루해 죽겠다는 듯 노래한다.) 수헬리베붕탄질산플
루네온나마알규인황염아르칼칼슘.

지호의 책상엔 쪽지 하나가 톡.

지호, 예전과는 달리 설레는 마음으로 쪽지를 편다.

"레몬 사탕 존맛!"

두 사람 사이, 쉴 새 없이 쪽지들이 오갑니다. 혼자 일기를 쓰던 지호
가 이젠 경주에게 쪽지를 씁니다. 등교하면 톡, 쉬는 시간에 톡, 책상
위에 톡, 서랍 안에 톡, 사물함 안에 톡, 톡, 톡.

지호 : "뭐 들어?"

경주 : "모임 별. '진정한 후렌치후라이의 시대는 갔는가' 나중에 들
어봐. 죽여."

지호 : "아침에 엄마랑 싸웠어. 기분 완전 드러."

경주 : "나도 생리 터짐. 왕짜증."

지호 : "오늘 급식 탕수육이래."

경주 : "대박! 침샘 폭발!"

지호 : "오늘의 음악은?"

경주 : "아무것도 안 들어ㅋ 걍 헤드폰만 끼고 있는 거ㅋㅋㅋ 비밀!"

지호 : "나 오늘 학교 오다가 전에 얘기한 고양이 또 봤다? 나 알아보는 것 같아. 자꾸 쳐다봐."

경주 : "너 본 거 아니라 멍 때린 걸걸?ㅋㅋㅋ"

지호와 경주가 따로인 듯 나란히 급식실에 갑니다. 창가의 빈자리, 두 사람이 말없이 눈빛으로 공기로 이야기를 나누는 사이, 급식실에선 수백 개의 입이 밥알을 씹으며 말들을 뱉어냅니다.

급식실. 아이들의 대화가 시끌벅적 이어진다.

학생1   야, 이따 노래방 갈래?

학생2   콜.

학생3   숙제했냐?

학생2   당근 안 했지.

학생1   너 또 혼자 다 했지? 재수 없는 년.

학생3   아, 순살치킨 먹고 싶다.

학생2   양념 반 후라이드 반!

학생1   밥 먹고 아이스크림 먹자.

학생2   너 걔랑 요즘도 연락해?

학생3　야, 밀당을 해야지.

학생1　야, 근데 수학이랑 영어랑 사귄다며?

학생2　대박. 영어가 아깝지 않냐?

학생1　수학이 완전 부자래.

학생3　어쩐지.

학생1　그나저나 니네 그 얘긴 들었냐?

학생2　뭐?

학생1　강경주.

학생3　강경주 뭐?

아이들이 모여 귓속말로 속닥거린다.

학생2　헐.

학생3　대박.

학생1　그래 보이지 않냐?

학생3　어쩐지.

학생2　내 말이.

또다시 점심시간. 점심시간을 알리는 종소리가 울린다.

월화수목금, 월화수목금. 흐린 날에도, 해가 쨍한 날에도 급식실에선 말들이 밥을 먹고 말들이 말을 먹고 무럭무럭 자라납니다.

학생2   들었어?

학생3   뭐?

학생2   그랬대.

학생1   헐.

밥알이 툭툭, 말들이 툭툭. 어디서 시작됐는지 알 수 없는 말들이 머리 위로 둥둥. 소곤소곤 숙덕숙덕. 말들은 또 다른 말이 되어

학생1   들었냐?

학생2   진짜라며?

학생1   봤대.

학생3   (뭔가 생각난 듯) 그래서 그랬구나….

학생2   뭐?

학생3   내가 들었는데….

아이들. 또다시 모여 속닥거린다.

이 테이블에서 저 테이블로, 또 다음 테이블로, 급식실 밖으로, 교실로, 또 다음 교실로, 지호와 경주네 교실로.

지호와 경주의 교실. 북적거린다.

경주는 평소와 다름없이 하얗고 커다란 헤드폰을 쓰고 엎드려 잠을 자거나 창밖을 내다보거나 한다.

경주는 마치 투명한 공기방울 속, 북적거리는 교실과는 다른 세상에 있는 것처럼 보입니다. 하지만 지호의 귀에는 말들이 들려옵니다.

학생3   야, 쟤 좀 봐.

학생1   존나 뻔뻔하지 않냐?

학생2   혼자 쿨한 척, 신비로운 척.

학생1   그니까. 난 딴 별에서 온 줄 알았잖아.

학생3   재수 없어.

지호, 혹여나 경주가 말들을 들을까 안절부절못한다.

학생2   쟤 언니도 유명하지 않냐?

학생1   쟤네 언니, 자퇴가 아니라 임신해서 잘린 거래.

학생3   대박. 완전 그 언니에 그 동생.

학생2   쟤네 엄마도 장난 아니라던데?

학생3   쟤네 아빠 없잖아. 엄마가 애인이랑 산대.

학생1   어쩐지….

다시 모여 귓속말로 숙덕숙덕.

학생3   웬일이야.

학생1   남학교에도 소문 다 났대. 내가 학원에서 들었어.

학생2   남친한테도 그래서 차인 거라며?

학생3   야, 남친 존나 킹카 아니었냐? 김민수.

학생2   말도 마. 차이고 나서 죽는다고 칼로 팔 긋고 난리
          도 아니었대.

학생1   대박. 쟤 팔에 칼자국 있잖아.

학생2   손등에 저것도 협박하려고 자해한 거래.

학생3   웬일이야.

학생1   혼자 다니는 이유가 있었어.

학생2   어쩐지.

창밖에는 비가 내립니다. 덕분에 실내에서 자습을 하는 체육시간, 교
실은 습하고 따분한 공기로 가득합니다. 교탁에 앉아 지루한 하품을
뱉던 선생님이 잠시 자리를 비운 사이, 경주의 책상에 쪽지 하나가
톡.

경주, 무심코 쪽지를 펴서 읽는다. 지호가 아닌 다른 누군가의 글씨.

"더러워."

당황한 경주, 자리에서 일어난다. 교실 안 누군가가 보낸 쪽지. 아마도 쪽지를 보낸 사람은 경주의 행동을 지켜보고 있을 것이다.
그때 효선과 유경 무리, 자리에서 일어선 경주를 보고 코를 킁킁거린다.

효선   야, 어디서 걸레 냄새 안 나냐?

유경   완전. 썩은 내 나는데?

경주, 헤드폰을 벗는다. 아이들, 순간 당황한다.

경주   (효선, 유경에게) 너네, 그거 나한테 하는 말이야?

유경   왜? 너한테 하는 말 같아?

효선   (다 들으라는 듯이) 아니, 우리 반에 막 그러고 다니면서 그걸로 돈도 버는 애가 있다고 하더라고. 근데 너 헤드폰 좋아 보인다? (갑자기 지호에게) 그치, 지호야?

지호   (당황해서) 어?

효선   강경주 저 헤드폰 무지 비싸 보이지 않냐?

지호	그, 글쎄.
유경	(살갑게) 이따 매점 갈래? 우리 갈 건데.
지호	(당황해서) 아니, 난 괜찮아.
효선	뭐 사다 줘? 너 바나나우유 좋아하잖아.
지호	아니야, 괜찮아.
효선	(문제없다는 듯) 그래.

경주, 지호를 바라본다. 지호, 경주를 바라본다. 둘 사이 묘한 긴장감이 흐른다. 경주, 다시 헤드폰을 쓰고 자리에 돌아가 앉는다.

이윽고 또다시 점심시간. 점심시간을 알리는 종이 울린다. 효선과 유경, 지호에게 다가온다.

유경	지호야, 밥 먹으러 가자.
지호	(또 당황해서) 어?
효선	왜, 싫어? 야— 우리 이제 맘 다 풀렸어.
지호	어? 아니 그게….

지호, 경주를 슬쩍 본다.

효선	너 왜 강경주 눈치 보냐? 쟤가 너 괴롭혀?
지호	(놀라서) 아니.

유경   (살갑게) 가자아, 배고프다. 일어나.

경주, 다른 곳을 보는 듯 지호를 보고 있다.

지호, 경주의 보이지 않는 시선을 느끼지만 경주를 바라보지 못한다.

경주의 발에서 물기가 배어나옵니다. 작은 파도가 바닥을 적시며 밀려옵니다. 파도는 지호의 발에 닿지 못합니다. 급식실로 향하는 지호의 발자국이 눈을, 감습니다.

지호, 효선과 유경 무리에 휩쓸려 따라간다.

다시 급식실. 여느 때와 다름없이 북적인다. 효선과 유경 무리, 배식대에서 배식을 받는다.

효선   (지호에게) 너도 들었지?

지호   뭘?

유경   그 얘기.

지호, 아무 말 못 하고 눈치만 살핀다.

효선, 혼자 밥을 먹고 있는 경주를 발견한다. 일부러 경주 들으라는 듯이

효선   야… 진짜 독하다. 혼자 밥을 먹냐… 차라리 굶지.

유경　　　딴 별에서 왔나 보지.

효선　　　그럼 집에 외계인이 셋이야? 그 엄마에 그 언니에
　　　　　그 동생.

경주, 그 말에 숟가락을 내려놓고 일어난다.

경주　　　(효선에게) 재밌어?

효선　　　(비웃으며) 너야말로 재미 좋지 않냐?

효선과 유경이 키득거리며 비웃자 경주, 순식간에 국그릇을 들어 국을 효
선의 머리에 붓는다. 일순간 얼어붙은 급식실. 모두 당황한다.

유경　　　야! 너 미친 거 아냐?

효선　　　(부들부들 떨며) 이게 처돌았나?

경주　　　식판으로 눈깔 튀어나오게 처맞기 싫으면 입 다물
　　　　　어.

효선과 유경, 경주의 기에 눌려 더는 말하지 못한다.

경주, 지호를 바라본다.

지호, 고개를 떨구고 눈을 질끈 감는다.

경주, 아무 말 없이 뒤돌아 걷는다.

저벅저벅. 차가운 타일 바닥이 진흙처럼 질척거립니다.

경주, 서늘해진 시선들을 뒤로한 채 급식실 밖으로 사라진다.

쥐 죽은 듯 조용하던 급식실은 경주가 사라지는 순간 재생 버튼을
누른 것처럼

학생1   대—박.

학생2   소름.

학생3   웬일이야.

학생2   무서운 년.

학생1   저러니까 맨날 혼자 다니지.

그때 말없이 고개를 숙이고 있던 지호, 자리에서 일어난다.

아이들, 쳐다본다.

지호   (효선과 유경에게) 맛있어? 남 씹는 거. (사이) 니네,
니네가 하는 말이 무슨 말인지 알긴 해? 나도 비
겁한데, 니넨 한심해. 알아?

지호, 급식실 밖으로 뛰쳐나간다. 경주가 있을 법한 공간을 찾아 헤맨다.

지호의 발걸음이 빨라집니다. 경주는 교실에도 화장실에도 없습니다. 하천 다리 밑에도 없습니다. 지호는 경주의 집이 어딘지 알지 못합니다.

지호   경주에 대해서 아는 게 없어. 친구라고 좋아만 했지, 보고 싶은 것만 보려고 했지, 알려고 하지 않았어.

그 순간 지호 시선의 끝, 찰칵— 스쳐 지나가는 푸른 점.

지호   맞아, 노량진!

지호, 곧바로 달려가 노량진역으로 향하는 지하철에 올라탄다. 덜컹거리는 객실이 전에는 느끼지 못한 몸의 감각으로 낯설게 다가온다.

지하철 1호선. 파란 바다 파란 의자, 말린 생선 냄새, 표정 없는 사람들. 모두 어디로 가는지 모른 채 둥둥 떠다니는 죽은 물고기들 같습니다.

지호, 초조한 듯 지하철역을 센다.

지호   신도림… 영등포… 신길… 대방… 노량진!

노량진역에 도착한 지호, 다급히 역을 빠져나온다. 수산시장으로 이어지는 육교에서 배릿한 냄새가 풍겨온다. 지호의 눈앞에 수산시장의 장관이 펼쳐진다.

거대한 수산시장. 찰박찰박, 축축한 바닥들 사이로 뻐끔뻐끔, 수천 개의 입이 거친 숨을 내뱉고 있습니다.

지호   거기가 어디였지?

지호, 거대하고 복잡한 시장에서 경주를 찾아 헤맨다. 예전에 엄마를 따라왔을 때는 보이지 않던 시장의 역동이 느껴진다. 지호, 삶과 죽음이 요동치는 감각의 세계로 발걸음을 내딛는다.

물에 젖은 바닥, 커다란 대야, 네모난 수조, 뒤집어진 몸, 커다란 입 뻐끔뻐끔, 눈동자 꿈뻑꿈뻑, 시뻘건 고무장갑, 샛노란 앞치마, 시퍼런 칼 휘번쩍, 퍽, 파르르, 퍽퍽, 대가리 댕강, 꼬리가 댕강, 배가 쩍, 내장이 슥, 새빨간 핏물, 차가운 바닷물, 뽀얀 살결, 소리 없는 비명

파다닥 파다닥, 멍한 눈동자, 토막 난 살점 파닥파닥. 거대한 시장, 수천수만 개의 몸부림과 뒤엉킴의 끝, 저기 커다란 수조 앞, 경주가 서 있습니다. 그런데 수조가 텅 비어 있습니다.

정신이 혼미해진 지호, 경주에게 천천히 다가간다. 잠시 머뭇거리다 조심스럽게 말을 건넨다.

지호　　　경주야.

경주, 예상치 못한 지호의 등장에 놀라 돌아보며

경주　　　여긴 어떻게 왔어?
지호　　　예전에 여기서 너 본 적 있어.
경주　　　그랬나.

지호, 그제야 텅 빈 수조가 눈에 들어온다.

지호　　　근데 물고기들….
경주　　　산소 공급기 고장 나서 다 죽었대.
지호　　　헐.
경주　　　별일 아니야. 어차피 죽을 애들, 이제 회로 못 파니까 값이 좀 싸진 거지. (사이) 여기선 살아 있는 게 제일 비싸. 그다음은 뭐, 죽은 지 얼마 안 된 거, 죽은 지 좀 돼서 소금에 절인 것도 있고. (사이) 똑같이 살아 있어도 쟤는 돔이라서 비싸. 비싼 건 죽어서도 비싸지. (텅 빈 고등어 수조를 바라보며) 근데 여기 있는 고등어들은 죽으면 제일 싼데, 살아 있을 땐 비싸. 얘넨 잡힌 뒤에도 살아 있는 게 기적이거든.

지호 왜?

경주 (사이) 지호야… 너도 내가 더러워?

지호 (당황해서) 어?

지호, 선뜻 대답하지 못한다.
경주, 그런 지호를 바라보다 다시 텅 빈 수조를 보며 말을 이어간다.

경주 고등어는 성질이 급해서 잡히면 바로 까무러쳐 죽어버린대. 수조 속에 살아 있던 애들도, 사실 수면침 맞고 마취된 애들이래. 죽지도 않고, 그렇다고 너무 살아 있지도 않을 정도로만 사는 거야. 그래야 수조 속에서 안 미치고 살 수 있으니까.

비어 있는 수조를 하염없이 바라보던 경주, 지호에게 묻는다.

경주   지호야, 정말 살아 있다는 건 뭘까?

지호, 곰곰이 생각하다 말을 이으려는 순간, 점심을 못 먹은 배에서 갑자기 꼬르륵 소리가 난다. 당황한 지호, 민망해 입술을 깨문다. 미안해서 죽고 싶은 심정. 가까스로 고개를 들려는 찰나, 또 꼬르륵 소리가 난다.

지호   (겨우 고개를 들며) 미안… 배고프다….

경주, 그런 지호가 어이없으면서도 귀엽다.

경주   (풉, 웃으며) 밥부터 먹자. 여기 좀만 나가면 먹을 거 천지야.

두 사람은 노량진 학원 골목에서 컵밥을 사 먹습니다.

두 사람, 다시 함께 밥을 먹는다. 컵밥은 길거리 음식이지만 따뜻하다. 허기진 두 사람, 호호 불며 정신없이 숟가락질을 한다. 그러는 사이, 비워져 가는 컵밥과 함께 둘 사이의 긴장감도 조금씩 사그라든다.

지호   맛있다….

경주   응….

지호   야, 니 게 더 맛있어 보인다?

경주   먹어볼래?

지호   콜!

정신없이 밥을 먹던 지호, 문득 생각난 듯

지호   경주야, 우리… 살아 있는 고등어 보러 갈래? 정말
                살아 있는 고등어.

경주   살아 있는… 고등어?

지호   응. 수조 속에 갇힌 애들 말고 침 맞고 마취된 애
                들 말고, 정말 살아서 펄떡이는 고등어. 어때? 가
                보자. (사이, 경주의 반응 기다리다 다시금) 콜?

경주, 지호의 갑작스러운 제안에 조금 놀라지만 가슴이 뛰기 시작한다. 잠
시 고민하다 결심한 듯

경주   콜!

두 사람, 툭, 주먹인사를 나누고 남은 밥을 싹싹 비운다.

길에서 허기를 채운 두 사람은 검색의 여왕 정지호의 검색에 따라 우선 터미널로 갑니다.

지호, 휴대폰으로 열심히 검색한다. 그간 쌓아온 검색 실력에 꽤 자신감이 넘친다. 경주에게 지도 등 검색 결과를 보여주며 결정한 듯

지호　　　오케이! 통영으로 가자. 저 멀리 남쪽 끝. (검색 내용을 읽으며) 통영 삼덕항에서 고등어잡이 배가 출발… 배가 밤에 떠난다니까… (기대감에 차) 잘하면 오늘 밤에 출항하는 배 탈 수도 있겠다! 근데 우리, 돈은 있나? 차비 어떡하지?

경주, 지갑에서 찢어진 5만 원짜리 지폐 두 장을 꺼낸다.

경주　　　짠!
지호　　　웬 돈이야?
경주　　　몸 판 돈?

지호, 당황해서 어쩔 줄 몰라 한다.

경주	너 방금 헉, 했지?
지호	(시치미를 떼며) 아니?
경주	(놀리듯) 진짠데, 이 돈?
지호	난 니가 뭘 해도 나쁘게 생각 안 해. 상관없거든?
경주	오! (사이, 제법이라는 듯 웃으며) 가자, 통영으로!

두 사람, 달린다.

살아 있는 고등어를 향한 지호와 경주의 무모한 여정이 '정말로' 시작된다.

3장

서울고속터미널. 6번 승강장. 통영행 고속버스. 탑승 완료. 엔진 가동. 부릉부릉. 출발! 바다로 가는 버스. 커다란 바퀴가 쉼 없이 고속도로를 달리는 사이, 두 사람은 스르르 잠이 들었다 깨어났다를 반복합니다. 꿈을 꾸는 동안에도, 창밖을 보는 동안에도 지호와 경주는 계속해서 멀어지고 있습니다. 익숙한 것들과 멀어지는 시간.

지호　　사람들이 우리 걱정할까?

경주　　이따 휴게소에서 알감자나 사 먹자.

지호　　콜.

그때 지호의 전화벨이 울린다. 엄마의 전화다.

지호　　엄마다.

경주　　안 받아?

지호　　(통화 거부 버튼을 누르며) 아, 몰라. 됐어. 우리 엄만 참는 거 좀 배워야 돼!

경주　　헐.

남쪽으로, 남쪽으로. 무려 네 시간을 쉼 없이 달려 마침내 동양의 나폴리, 통영항 도착!

갈매기 소리 끼룩끼룩. 짭조름한 바닷바람이 불어온다.

경주　　　바람에서 멸치맛 나.

지호　　　흡. 진짜.

동양의 나폴리는… 소박합니다. 달빛을 닮은 잔잔한 수면 위, 작은 고깃배들이 요람처럼 고요히 잠들어 있습니다.

경주. 실감이 나지 않는 듯

경주　　　정말 왔네, 통영.

지호　　　기분이 이상해. (사이) 서두르자, 배 타야지.

두 사람은 곧바로 고등어잡이 배가 출발한다는 삼덕항으로 갑니다.

저 멀리 항구에 커다란 배들이 정박해 있다.
경주. 다급하게

경주 저기 불빛… 맞지, 저기?

지호 대박… 배 완전 커! 근데 태워줄까?

경주 타야지. 일단 가보자.

저 멀리서 호각 소리, 선원들의 말소리가 들려온다.

지호와 경주, 배 주변으로 다가간다.

라디오에서 일기예보가 들려온다.

처음 만나는, 학교와는 다른 긴장감이 가득하다. 살아 있는 삶의 현장이 피부로 느껴진다.

고등어잡이 배는 상상했던 것보다 훨씬 거대합니다. 줄지어 선 배들에서 뿜어져 나오는 환한 불빛이 마치 새로운 세계로 통하는 입구 같습니다.

쩌렁쩌렁, 검푸른 바다의 목소리가 들려온다. 선원들, 물건을 릴레이로 던지며 옮긴다.

호각 소리 삐삐삐— 다들 출항 준비로 부산하다. 뱃사람 특유의 노래를 흥얼거리기도 한다.

선원1 어이, 도르래 체크하고.

선원2 얼음 다 채웠나?

선원3   비 올 수도 있다. 갑바 챙기고.

선원1   바람 시게 분다 카니게 단디 준비해라잉.

선원2   알겠십니더.

지호   (긴장해서) 괜찮을까?

경주   뭔 일이야 나겠어?

선원들. 위계질서가 있는 듯 엄격한 데다 행동이 다소 거칠고 험악하다.

선원3   여 양망기 누가 만짔노?

선원2   지가 만짔십니더.

선원1   문디 자슥아. 제대로 보라 안 캤나?

선원2   죄송합니더.

선원3   거 파이프 용접 한 번 더 하고.

선원1   막걸리 한 병 가지고 온나.

지호   나 식은땀 나.

선원들. 출항 전 의식을 치른다. 막걸리와 소금을 뿌리며 기도한다.

선원1   거 소금 뿌리라.

선원3   사고 안 나게 보살펴주시고,

선원2   고기 마이 잡아서 만선되게 해주이소.

선원1   정성껏 뿌리라, 정성껏.

경주, 출항 준비에 정신없는 선원들에게 다가간다.

경주   아저씨, 이거 고등어 배 맞죠?

바쁜 선원들, 지호와 경주에게 신경 쓸 겨를이 없다.
경주, 아랑곳하지 않고 꿋꿋하게 말을 건다.

경주   (들으라는 듯이 큰 소리로) 아… 맞게 왔네.

경주, 지호의 눈치를 살피며 계속 말을 이어간다.

경주   (천연덕스럽게) 못 들었어요? 오늘 우리 이 배 타기
로 했거든요.

선원들, 대꾸는커녕 쳐다보지도 않는다.
출항 전 최종 점검인 듯 사뭇 진지하게

선원1	니는 저 가서 밧줄이랑 그물 함 더 확인하고.
선원3	막내 어딨나?
선원2	여깄심더.
선원3	준비 단디 해라.
선원1	여 호로 안 치나?
선원2	지가 치겠십니더!

경주. 선원들 뒤를 졸졸 따라다니며 임기응변으로 둘러댄다.

경주	저기, 아저씨. 진짜라니까요. 저희 수행평가 현장학습 때문에… 같이 바다 가서 고등어 잡기로 선장님 허락도 받았어요. 그치, 지호야?
지호	(긴장해서 더듬으며) 네, 선장님께서도 기뻐하셨어요!

선원들. 계속 두 사람을 무시하며 반응이 없다.
지호, 초조해진다.

지호	아무도 안 듣는데…?

그때 호각 소리와 함께 스피커로 선장의 출항 명령이 들려온다.

선장   (스피커로) 유진호 출항 대기, 유진호 출항 대기, 모두 위치로!

선원1   출항 명령이다. 밧줄 풀고!

선원3   오늘도 안전하게 작업한다. 안전제일, 알았나?

선원2   알겠십니더.

선원1   각자 위치로!

선원들, 정박해 있던 배의 밧줄을 푼다. 배에 시동이 걸린다.

지호   어, 배 그냥 출발하나 봐.

경주   (조급해져서) 아이 씨! 아저씨! 우리 이 배 타야 한다구요! 저기요!

선원들, 안 들리는지 아랑곳없이 출항에 분주하다.

선원들   1번 키 내리고, 2번 키 내리고!

어마어마하게 큰 엔진 소리와 함께 배가 출발하려고 한다.
지호와 경주, 불안하고 허탈해진다.

지호   이게 뭐야…. 못 타는 거야?

경주, 다급해진다.

경주   안 태워주면 못 탈 줄 알아?

경주, 순식간에 배를 향해 달려가 몸을 날려 갑판에서 내려온 밧줄에 매달린다.

지호, 예상치 못한 경주의 돌발 행동에 깜짝 놀라

지호   경주야!

바다와 갑판 사이. 경주가 위태롭게 매달려 있다.

지호   야, 미쳤어? (발을 동동 구르며) 어떡해….

경주, 이판사판이라는 마음으로 소리를 지른다.

경주   조용히 해봐, 안 태워주면 내가 타면 될 거 아냐.

경주, 밧줄을 타고 갑판 위로 올라가려고 하지만 역부족이다.

선원들, 출항에 정신이 없다.

경주, 밧줄에 매달린 채 아슬아슬하게 발버둥친다. 자못 위험해 보인다.

지호   야! 야! 조심해. 움직이지 마! 어떡해…. (갑판 위를 향해) 저기요!

지호, 광광 소리를 지르지만 선원들은 안 들리는지 반응이 없다.

배에서 호각 소리와 함께 엔진 소리가 커진다.

당황한 지호, 더 크게 외친다.

지호   아저씨! 누구 없어요? (대답이 없자 발만 동동 구르다) 어떡해…. (그러다 결심한 듯) 에이 씨… 나도 몰라.

지호, 마구 소리를 지르며 배를 향해 달려가 몸을 날린다.

지호   엄마아아아아아아아아아아아!

지호, 가까스로 경주 옆 밧줄에 대롱대롱 매달린다.

경주, 자신을 따라 매달린 지호의 돌발 행동에 당황해서

경주	돌았냐? 이걸 왜 따라 해!
지호	몰라. 그냥 내 몸이 그랬어…. (아래를 내려다보며) 으악! 어떡해…. 무서워!

배 전체가 흔들린다. 부우우우우웅. 출발하는 소리가 들려온다.

지호	어? 뭐야. 움직여. 출발하나 봐.
경주	좆됐다, 이 씨.

이윽고 고등어 배가 굉음과 함께 요란한 소리를 내며 진짜 움직이기 시작한다.

지호, 목 놓아 운다.

지호	어떡해. 살려주세요. 으헉, 으허헉.

예상치 못한 심각한 상황에 다급해진 경주, 목이 터져라 외친다.

경주	여기요! 야, 이 새끼들아! 안 들려?
지호	아저씨이이이이이이이이이!

갑판 위에 있던 선원들, 마침내 두 사람의 처절한 외침을 듣는다. 소리가
나는 곳으로 달려와 내려다보고 깜짝 놀란다.

선원1 이 뭐꼬?

선원2 느그들 미쳤나?

지호 (살았다는 듯) 아저씨, 살려주세요.

선원2 아 씨, 환장하겠네.

선원1 그 밑에 모다 있어가 떨지믄 죽는다, 느그들!

위이잉, 모터 돌아가는 소리 들리며 물길이 인다. 실제로 위험한 상황.
지호와 경주, 기겁한다.
선원들 일단 지호와 경주를 끌어올리기 시작한다.

선원1 (밧줄을 당기며) 꽉 잡아라잉. (또 다른 선원에게) 니
는 자 땡기라.

선원2 가시나들 뭐 이래 무겁노.

선원1 움직이지 마라!

지호와 경주, 마침내 배 위로 올라온다. 털썩 주저앉는 두 사람. 지호는 거
의 넋이 나가 있다.

선원2   느그들 누꼬? 미친 거 아이가?

선원1   우리가 몬 들었으면 으얄라 캤노?

지호와 경주. 거의 탈진 상태라 말할 힘도 없이 숨만 겨우 내쉰다. 팔이 빠질 것처럼 아프고 손도 얼얼하다.

그때 갑판장이 나타난다. 생김새와 차림새가 퍽이나 인상적이다. 몹시 화가 난 모습.

갑판장   여 뭔 일이고?

딱 봐도 매끼마다 소주 두 병은 마실 듯한 비주얼. 작은 키에 고무장화가 다리의 절반을 차지. 얼굴엔 '개 조심', '건드리지 마라'가 쓰인 시커먼 갑판장이 이쑤시개를 씹으며 걸어옵니다.

갑판장   바다가 장난이가? (숨을 헐떡이는 지호와 경주를 쓱 보고는 눈도 깜짝 않고) 배 돌리라. (사이, 선원들 우물쭈물하자) 뭣들 하노?

갑판장. 뒤돌아 간다.

선원들. 명령에 따라 배를 돌리려고 한다.

지호와 경주. 목숨 걸고 가까스로 탄 배에서 다시 쫓겨날 위기에 처한다.

그러자 경주, 갑판 위에 드러눕는다.

경주　　　못 내려요! 이럴 거면 아까는 왜 구해줬어요?

갑판장, 다시 뒤돌아 두 사람의 행색을 훑어보고는

갑판장　　　느그들, 집 나왔나?

당황한 지호와 경주, 바로 대답하지 못한다.

갑판장　　　시간 없다. 배 돌리라.

갑판장이 다시 뒤돌아 가려고 하자 절박해진 지호, 자리에서 벌떡 일어나 애원하듯 외친다. 이렇게 돌아갈 수는 없다.

지호　　　아저씨! 처음으로 여기까지 왔어요, 도망 안 치고. 그냥 이렇게 돌아가면… 우리 살아 있는 고등어 봐야 해요. 정말 살아 있는 고등어!

경주, 벌떡 일어나 지호 옆에 선다.
갑판장과 선원들, 그리고 지호와 경주가 마주 보고 선 채 서로를 한참 응시한다. 어느 한쪽도 물러서지 않고 버틴다. 꿈쩍 않고 버티는 두 소녀를 마주한 채 그 어떤 말도 표정 변화도 없던 갑판장, 이윽고 입을 연다.

갑판장   야들 멀미약 하나씩 주고, 구명조끼 내주고.

선원들, 설마 싶어 의아해한다.

갑판장   (평소와 다름없이) 오늘도 만만찮을 기다. 다들 정신 똑바로 차리라! 출항한다!

갑판장, 곧바로 뒤돌아서 조타실로 들어가자 선원들도 고개를 갸우뚱하며 일단 출항을 위해 퇴장한다.
모두 사라지자 지호와 경주, 다리가 풀린다. 믿기지 않는 듯 안도의 한숨을 쉬며

지호   하아… 살았다….
경주   탔다….
지호   성공…!

땀범벅, 눈물범벅이 된 두 사람, 주먹 툭 부딪히며 성공의 인사를 나눈다. 어느덧 어둑하다.

세상은 어느새 깊은 밤. 고요하고 은은한 달빛 아래, 커다란 배가 검푸른 해수면을 가르며 나아갑니다. 꿀렁꿀렁, 촤아아 촤아아.

두 사람, 망망대해를 향해 나아간다. 지호, 문득 가슴 한편에 손을 얹고 심장의 박동을 느낀다.

지호   나, 심장이 느껴져, 여기. 쿵쿵.

경주   (심장에 손을 얹어 박동을 느끼며) 나도. 쿵쿵. (사이, 하늘을 올려다보며) 지호야, 하늘 봐.

지호   와….

엷은 푸른빛, 짙은 초록빛, 투명한 검은빛. 반짝이는 가루처럼 별들이 쏟아집니다.

지호   하… 끝이 안 보여. 어디까지가 하늘이고, 어디까지가 바달까?

경주   (조심스럽게) 애들이 하는 말, 어디까지가 진짜고, 어디까지가 가짤까?

지호   (사이) 진짜, 가짜 그런 거 난 잘 몰라. 근데 우리, 지금 여기 있잖아. 그건 진짜 아냐?

경주   그러네….

소금기를 가득 머금은 바닷바람이 두 사람의 뺨을 스친다. 좌아아 좌아아.

두 사람을 태운 배가 바다를 가르며 나아가는 사이, 지호와 경주는 육지와, 세상과 조금씩 멀어져 바다 한가운데, 어둠의 품속에서 숨을 쉽니다.

지호   야, 봐봐.

지호, 갑자기 코를 막고 숨을 참기 시작한다.

경주   (의아해서) 뭐 하냐?

지호, 숨을 꾹 참고 참고 또 참으며 한참을 버티다 더 이상 참을 수 없을 때 후 뱉으며

지호   하… 새로 태어난 것 같아. 너도 해봐.

경주, 어이가 없지만 지호를 따라 코를 막고 숨을 참았다가 다시 쉬어본다. 마찬가지로 한참을 참다 다시 내뱉으며

경주　　　　하아… 이거 뭔가….

경주가 표현할 방법을 떠올리려 애를 쓰자

지호　　　　여름에 무지 더울 때 냉장고 문 열고 숨 쉴 때.

경주　　　　얼음 냄새?

지호　　　　박하사탕 얼린 맛!

경주　　　　콧속에 물파스 바른 기분!

지호　　　　헐, 상상돼!

경주　　　　(풉, 웃으며) 너 엄청 또라인 거 아냐?

지호, 또 갑자기 생각났다는 듯

지호　　　　어! 야, 우리 그거 하자!

경주　　　　뭐?

지호　　　　좋아하는 거, 생각나는 거 아무거나 말하기. 진실
　　　　　　　게임 같은 거보다 이게 훨씬 재밌어. 나부터 한다?
　　　　　　　(곰곰이 생각하다) 음… 난 오후 3시가 좋아.

경주　　　　(풉, 웃으며) 왜?

지호　　　　예쁘잖아. 오후 3시란 말. 게다가 오후 3시엔 막

왠지 차 한잔에 케이크 한 조각 먹어야 될 것 같고 그렇지 않아? 이렇게 딸기 올라간 케이크.

경주 또라이년.

지호 일요일 낮에 나는 빨래 냄새도 좋아. 햇빛에 빨래가 마르는 동안 바삭거리는 햇살 냄새가 빨래에 배서 따끈따끈할 때, 그때 빨래에 폭 코 박고 냄새 맡으면 내가 봄날 아지랑이 사이에서 하품하는 고양이가 된 것 같아. 되게 기분 좋게 바삭바삭 건조한 느낌. 잘 말린 꽃처럼, 책 속에 끼워뒀다 몇 년 뒤 우연히 발견한 낙엽처럼.

경주 너, 나중에 꼭 책 써라. 존나 쓸데없는 이야기 존나 길고 이쁘게 하는 책.

지호 두고 봐, 진짜 쓸 거다?

경주 난 좋아하는 건 모르겠고, 싫은 거부터 말해도 되냐?

지호 그래, 맘대로 해.

경주 (잠시 생각하다가) …집구석? 싫어, 엄마가 그 인간이랑 사는 거. 근데 더 짜증 나는 건 엄마가 웃어, 그 새끼랑 있을 땐. 존나 꼴 보기 싫어. 내 앞에선 절대 그렇게 안 웃으면서. 근데 그래서 고맙기도 하고… 모르겠어. (사이) 우리 언니? 옛날엔 안 그

렜는데, 되게 친했거든. 근데 요즘은 저게 우리 언
니 맞나 싶을 정도로 막 나가. 저러다 진짜 큰 사
고라도 치면 어쩌나 걱정도 되고. 언니라고 하나
있는 게 그러니까 솔직히 짜증도 나고. 근데 우리
언니잖아. (사이) 민수, 개새끼. 근데 그 새끼 손가
락 존나 이쁘다? 그건 아마 나밖에 모를걸?

경주, 지호를 나지막이 부르고는 남은 이야기를 이어간다. 자신에 대한 이
야기다.

경주   지호야… 나, 이러지도 못하고 저러지도 못하고,
         알아도 모른 척 몰라도 아는 척: 너무 많이 알아버
         려서 알기 전으로 못 돌아갈까 봐 무섭고, 근데 아
         무것도 모르겠어서 존나 답답하고. 날 좀 알아주
         면 좋겠는데 정말로 알아버릴까 봐 두렵고. (사이)
         존나 한심하지?
지호   (사이) "니가 답답한 걸 하찮게 여기지 마." 니가
         나한테 했던 말이잖아. 그때 나 엄청 고마웠는데.
         난 강경주가 좋아. 소심한 쩌리인 내가 먼저 친구
         하자고 편지 쓸 만큼. 안 해본 건 절대 안 하던 내
         가 한밤중에 뛰쳐나갈 만큼. 이렇게 바다 한가운

데까지 와버릴 만큼. 쓸데없는 얘기 존나 길고 이
쁘게 마음껏, 눈치 안 보고 할 만큼.

경주   고맙다.

지호. 영화 <친구>의 대사를 흉내 낸다.

지호   친구 아이가.

지호의 어설픈 성대모사에 경주가 풉, 웃는다.
지호와 경주, 둘만의 제스처 인사를 나눈다. 툭툭 슥슥 오예.

여기는 185번 해구, 통영과 제주도 사이의 바다. 짙은 보랏빛 하늘,
세상이 통째로 잠든 듯한 고요함 속 뚜 뚜 뚜 어군 탐지기의 작은 화
면이 밤새 깜빡이며 깊은 바닷속 고등어 떼를 쫓고 있습니다. 기나긴
기다림의 시간, 영원할 것 같은 정적 속에서도 바다는 끊임없이 꿈틀
거립니다. 꿈틀꿈틀. 그때, 수심 300미터의 바다를 헤엄치던 고등어
떼가 어군 탐지기 레이더망에 포착됩니다.

고등어로 보이는 물고기 떼가 레이더망에 나타난다. 고등어 떼 포착을 알리
는 소리가 갑판에 울려 퍼진다. 수천 마리의 고등어가 배 아래에서 헤엄치
고 있다. 어로장의 신호가 스피커로 들려온다. "고등어 떼 포착! 고등어 떼

포착!" 고등어 떼의 발견을 알리는 호각 소리가 긴장감 있게 울려 퍼진다.
갑판장이 등장한다.

갑판장   (호각을 부르며) 고기 찾았다. 모두 위치로! 서둘러
            라! 집어등 투하하고 고기 모아라!

선원들   네! 모두 위치로!

순식간에 커다란 배 전체가 길고 긴 기다림에서 깨어나 꿈틀거리기 시작
한다.
선원들, 훈련받은 병사들처럼 일사불란하게 움직인다.
지호와 경주, 치열한 분위기에 압도된 나머지 어안이 벙벙하다.

갑판장   지금부터 시간 싸움이다. 정신 똑바로 차리고 빨
            리 빨리 움직인다!

선원들   네!

풍덩. 바다 깊숙이 보름달처럼 환한 집어등이 물속을 비추고, 빛을
좋아하는 고등어들이 서서히 모여듭니다. 뱅글뱅글. 고등어 떼가 집
어등을 둘러싸며 원을 만들어 돌기 시작합니다.

갑판장, 호각 불며 크게 외친다.

갑판장　　지금이다! 1조 투망!

선원들, 갑판장의 명령을 받아 일제히 외친다.

선원들　　1조 투망!

그물과 연결된 고삐줄이 검푸른 바다로 던져지고, 거대한 그물들이 순식간에 바닷속으로 빨려 들어간다. 꽤 위험한 작업이다.

갑판장　　다들 몸 단단히 붙이래이! 2조 투망!
선원들　　2조 투망!

두 척의 배가 길이 1킬로미터, 깊이 200미터의 거대한 그물로 원을 만들어 뱅글뱅글 돌고 있는 고등어 떼를 조심스럽게 감쌉니다.

갑판장　　(호각을 불며) 보이나? 보이면 땡기라! 발 조심하고!
선원들　　줄 땡깁니다!
갑판장　　고기 도망간다. 살살 땡기라, 살살! 몸 바짝 붙이고!

선원들   (그물을 당기며) 어이, 어이!

선원1   고기 안 나가게 잘 봐라!

선원들, 조임줄을 힘껏 당긴다. 그물 아래쪽이 조여지며 그릇 같은 모양이 되어 수천 마리의 고등어를 통째로 담는다.

갑판장, 해수면의 미세한 움직임을 관찰하다가 호각을 불며

갑판장   됐다…. 지금이다! 올리라! (호각을 삑 불며) 고기 나간다. 빨리 땡기라!

선원1   기운다. 조심해라!

선원들   어이! 어이!

선원3   잘 보면서 땡기라.

선원1   발 단디 붙이라!

고등어 떼를 통째로 담은 그물이 서서히 올라옵니다. 깊은 바닷속을 헤엄치던 수천 마리의 고등어가 푸른 등 은빛 배를 반짝이며 해수면 위로 모습을 드러내기 시작합니다. 수천 개의 생명, 수천 번의 파닥임, 수천 마리의 고등어가 펄떡이며 갑판 위로 쏟아집니다.

고등어 떼가 차르르 콸콸 쏟아진다. 튀어 오르는 용수철처럼 생명력이 넘친다. 펄떡이는 고등어의 몸이 별빛과 달빛을 반사해 배 전체가 환해진다.

고등어 떼의 장관에 지호와 경주는 정신이 혼미해진 듯 멍하다. 두 사람 모두 엄청난 생명력에 압도된 듯 입을 벌리고 서서 "헐", "어어—", "아아—" 감탄의 소리만 낼 뿐 아무 말도 못 한다. 오늘 고등어는 유난히 물이 좋다. 선원들, 신이 나 들썩인다. 갑판장은 여전히 흔들림 없이 긴장한 모습이다.

선원2   이야, 오늘 고등어 물 죽인다.

선원1   고기 안 다치게 살살 해라, 살살.

갑판장   어창 열고 얼음 채아라! 지금부터 속도전이다. 살아 있을 때 어창 들어가야 선도 유지된다. 서둘러라!

갑판 아래 뚜껑처럼 커다란 어창 문이 열리고, 살아서 펄떡이는 고등어들이 퍼붓는 얼음과 함께 쓸려 들어간다. 정신없는 와중에 반짝이며 펄떡이는 고등어들을 멍하게 바라보던 경주, 문득 정신이 들어

경주   고등어가… 살아 있다. (사이, 뭔가 생각난 듯) 그래, 그거지!

경주. 돌연 맨손으로 갑판 위에서 펄떡거리는 고등어를 잡기 시작한다. 미친 듯 펄떡거리며 미끈한 고등어를 잡기란 쉽지 않다. 선원들 사이를 헤집고 다니며 맨손으로 고등어를 잡는다.

갑판장   (경주에게) 니 뭐 하노?

경주, 아랑곳 않는다. 가까스로 잡힌 살아 있는 고등어가 경주의 두 손에서 펄떡거린다.

경주   (어쩔 줄 몰라 하며) 하아, 어떡해….

경주, 자신의 손안에서 온 힘을 다해 펄떡거리는 고등어를 바라보다 바다로 다시 던져 보낸다. 손에 잡히는 대로 바다에 던진다.

지호   (경주를 보고) 어… 어어…. 나도… 콜!

지호도 합세한다.
선원들, 선도 유지를 위해 삽으로 고등어를 어장으로 퍼 넣느라 정신없다.
갑판장, 고등어를 잡아 바다로 다시 던지는 지호와 경주가 기가 막혀 소리를 지른다.
지호와 경주는 아랑곳없이 그 사이를 헤집고 다니며 고등어를 바다로 내던진다.

선원1   자들 뭐 하노?

선원2   저것들 미친년들이가?

선원3   느그들 그만 안 두나!

지호와 경주, 자신도 모르게 마구 소리를 지른다. 한바탕 난장, 엉망진창, 아수라장의 축제가 펼쳐진다. 작업이 마무리되어가고, 갑판이 거의 텅 빌 때쯤

경주   지호야! 정지호! 일루 와. 빨리!

지호, 고등어를 잡으러 날뛰다 경주에게 달려온다. 경주의 손에서 고등어 한 마리가 파닥거린다. 지호, 한 손을 심장에 대고 나머지 한 손을 고등어에 대어본다. 고등어의 파닥임이 손에 그대로 전해진다.

지호   하아… 심장 같아.

경주   눈 좀 봐.

지호   우리 쳐다보는 거 맞지?

경주   응.

지호와 경주, 마주 본다. 함께 고개를 끄덕인다. 그러고선 화분을 던지던 그 밤처럼

둘이   하나, 둘, 셋!

두 사람, 바다를 향해 고등어를 힘껏 던진다. 반짝이는 고등어가 무지개 같은 포물선을 그리며 날아간다. 두 사람의 시선 끝, 하늘을 날던 고등어가 풍덩, 해수면을 뚫고 사라진다.

지호   안녕…!

고등어가 사라진 바다를 말없이 바라보던 경주, 나지막이 노래를 부르기 시작한다.
지호, 조금 놀란 듯 경주를 바라보다 곁에 선 채 가만히 노래를 듣는다. 실제로는 처음 듣는 경주의 노래다.
폭풍 같은 고등어잡이가 끝난 갑판 위, 경주의 노래가 울려 퍼진다.

경주   Home, home, sweet sweet home

There's no place like home

There's no place like home

There's no place like home

There's no place like home

노래가 끝난 뒤, 잠시 정적이 흐른다.

바다는 놀랍도록 평화롭고 고요하다.

동이 터옵니다. 언제 그랬냐는 듯 잔잔해진 바다는 뜨거운 태양을 머금어 붉게 물들고, 오늘 고등어 배는 만선입니다.

고된 조업을 마친 선원들은 아침 햇살 아래 모처럼의 휴식을 즐긴다. 배 위에서의 거칠고 긴장감 넘치는 삶 중 가장 여유로운 시간이다. 선원들, 둘러앉아 라면을 끓이고 소주 한잔 털어 넣으며 허기를 채운다.

선원2   아이고, 한잔하이소.

선원1   수고 많았십니더.

선원3   느들도 일로 와봐라.

지호와 경주, 멋쩍어하며 선원들 쪽으로 간다.
그때 무리 한가운데 있던 갑판장, 선원에게 명령한다.

갑판장   거 고등어 한 마리 가꼬 온나. 살아 있는 놈으로.

선원1   알겠심더.

선원, 곧바로 어창에서 파닥이는 고등어 한 마리를 잡아 온다.
갑판장, 살아 있는 고등어를 손에 쥐고 지호와 경주에게 보여주며

갑판장　봐라. 어창 드가믄 보통 지 성질 못 이기가 금세 죽어삐는데, 보믄 꼭 살아서 버티는 놈들이 있다.

고등어가 파닥거린다.

갑판장　야들이 물 밖으로 나오는 거는 느들이 물속으로 들어가는 거나 마찬가진 기라. 사람한테 물속에서 살라 카믄 살겠나 몬 살지.

갑판장, 고등어를 도마 위에 올려놓고 능숙하게 칼등으로 머리를 쳐서 기절시킨 뒤 몸에서 살점을 도려낸다.

지호　(잔인하다는 듯) 어… 으….

갑판장, 도려낸 살점을 익숙하게 썰며 말한다.

갑판장　느들, 고등어 등이 왜 파란지 아나? 야들 사는 게 음청 빡센 기라. 힘없이 떼로 몰리댕기며 사는 아들 아이가. 등이 파아래야 저 위에서 봤을 때 안 비니께, 안 잡아먹힐라고 등은 바다처럼 파래지고, 요 배때기는 밑에서 봤을 때 안 빌라꼬 이래 허연 기다. 끝까지 살아볼라꼬 몸부림에 부림을 치다, 결국 그 몸부림이 즈들 몸이 된 아들인 기라. 싸고 흔하다 캐서 사람들이 몰라서 카제, 야들 적어도 진짜로 죽을 만큼 살다가 죽는 아들이다.

갑판장, 고등어 살점을 지호와 경주에게 내민다.

갑판장   무봐라.

지호와 경주, 살점을 손에 받지만 바로 입에 대지 못한다. 아침 햇살에 고등어의 단단한 살점이 반짝인다.

갑판장   와, 그새 정이라도 든 기가.

지호와 경주, 마침내 조금 전까지 살아 펄떡이던 고등어의 살점을 조심스럽게 입에 가져간다. 차갑고 매끄러운 감촉. 두 사람, 정성껏 오래오래 씹어서 꿀꺽 삼킨다.

갑판장   쥑이제?

감동의 맛. 경주, 인정하지 않을 수 없다는 듯

경주   맛있다….

지호   엄청….

두 사람, 맛있어서 웃음이 나는데 눈물이 날 것 같기도 하다.
갑판장과 선원들, 모두 함께 웃는다.

꿈같은 밤이 지나고 다시 땅을 딛고 사는 삶으로 돌아가는 배 위, 지
호와 경주의 배 속에 살아 있던 고등어가 꿈틀.

지호   끝나지 않으면 좋겠다. 이 시간.

경주, 고개를 돌려 지호를 잠시 보고는 다시 멀리 바다를 바라본다. 저 멀
리 육지가 보이기 시작한다.

지호   (육지를 가리키며) 어, 육지다!

저 멀리 항구가 보입니다. 돌아오는 길은 왠지 조금 가까워진 듯, 어
느새 항구에 도착. 다시 육지에 내딛는 발걸음이 조금 어색합니다.

두 사람, 배에서 내린다. 지호가 휘청거린다.

경주   조심해!

지호   어, 뭔가 어지러워.

선원들도 우르르 배에서 내린다. 휘청거리는 지호를 보고는

선원1   아이고, 피곤타…. 근데 느들, 진짜로 집 나온 기가?

선원2   여 아들은 아인 것 같은데, 어서 왔노?

지호   우리는요, 뭔가 무지하게….

지호가 적절한 표현을 찾아 안간힘을 쓰자 경주가 넘겨받는다.

경주   펄떡이는 곳에서 왔어요.

선원들, 알아들을 수 없다는 듯 동시에

선원들   뭐?

지호   아저씨들도 그랬을 거예요. 잊어버린 거지.

선원들. 도무지 이해할 수 없다는 표정으로 항구를 향해 걸어간다.

아직 배 위에 있는 갑판장이 지호와 경주를 부른다.

갑판장   느들… (뭔가 말하려다가) 몸조심해라.

갑판장. 무심히 뒤돌아서 간다.

경주   (지호에게) 너 사탕 있냐?

지호   잠깐만.

지호, 주머니를 뒤적거려 사탕을 찾는다.

지호   어, 하나 있다!

경주   줘봐. 나중에 갚을게. (갑판장을 부르며) 아저씨!

갑판장이 뒤돌아보면 경주, 사탕을 톡 던지며

경주   선물이에요!

갑판장. 사탕을 받고 웃으며

갑판장　　가라.

둘이　　안녕히 계세요.

두 사람, 발걸음을 옮긴다.

4장

다시 육지에 선 두 사람.

바다 한가운데서 살아 펄떡거리는 고등어 떼를 본 일도, 고등어들을 다시
바다로 돌려보낸 일도 다 꿈만 같다.

지호   어제가 옛날 같다. (사이) 이제 어디로 갈까?

경주   넌… 돌아갈·거지?

지호   (조금 놀라) 넌 안 가?

경주   잘 모르겠어. 근데 지금 이렇게 돌아가는 건 아닌
         것 같아.

지호, 예상치 못한 경주의 말에 당황한다.

지호   그래도….

사뭇 진지한 경주의 모습. 경주, 낮은 목소리로 말한다.

경주   지호야, 나… 지금, 여기 있어. (사이) 늘 거기 없는
         사람처럼 살았어. (사이, 결심한 듯) 여기 조금 더

있어 볼래. 뭐가 있을지.

지호   그럼 나도 안 갈래.

경주   넌 가, 기지배야. 가고 싶잖아. 아니야?

지호, 바로 대답하지 못하고 망설인다.

경주   따로 떨어질 수 있어야 계속 볼 수 있는 거 아니겠
냐? 하늘이랑 바다처럼.

지호, 경주와 함께 바다 한가운데서 끝없이 맞닿아 있는 하늘과 바다를 보
던 시간을 떠올린다. 쉽게 입이 떨어지지 않는다. 어려운 마음을 겨우 삼키
며 내뱉는 단어 하나.

지호   …콜!

두 사람. 다시 걷는다.

지호와 경주가 다시 걷습니다. 함께, 하지만 각자. 하루 만에 다시 돌
아온 터미널이 왠지 어제보다 작게 느껴집니다.

지호   나 다음 차 탈까?

경주	그냥 가. 엉덩이 무거워져.
지호	맘 바뀌어서 다음 차 탈 거면 그냥 지금 같이 가.
경주	좀 가, 귀찮은 년아.
지호	그래, 간다. 가!

지호, 버스에 겨우 올라탄다.

매캐한 연기로 가득한 승강장, 지호를 태운 버스가 기지개를 펴듯 시
동을 걸며 출발하려고 합니다.

출발하려는 버스 문 앞에 선 지호, 경주에게 마지막 인사를 건넨다.

지호	경주야!

지호, 주먹을 내민다. 두 사람, 자기들만의 제스처 인사를 나눈다.

지호	너무 오래 걸리진 마.
경주	너나 잘해, 기지배야.
지호	고마워.
경주	복사, 붙여넣기.

지호를 태운 버스가 출발한다.

지호와 경주, 서로에게 손을 흔들며 점점 멀어진다.

지호와 경주, 서로에게서 서서히 사라진다.

존재들 역시 사라져가는 경주를 바라본다.

경주, 어둠 속으로 사라진다.

사이.

그게 마지막이었습니다. 지호가 경주를 본 것. 경주는 아직 돌아오지 않았으니까요. 헤어진 그날, 경주가 남긴 문자.

엄마에게.

보낸 사람 : 둘째 경주

"납치당하거나 죽은 거 아니니까 소란 떨지 마."

지호에게.

보낸 사람 : 경주

"고등어회 또 먹고 싶다. 파닥파닥."

지호는 한동안 교무실과 경찰서에 들락거려야 했습니다.

담임교사와 경찰들, 지호에게 취조하듯 묻는다.

담임   혹시 경주가 너 괴롭혔니?

경찰   소문이 좀 있던데…. 경주가 뭐, 좀 수상하지 않았니? 지갑에 돈이 엄청 많다든가, 비싼 물건을 가지고 있다든가.

어른들은 경주와는 아무 상관 없는 것들만 열심히 물어볼 뿐

지호   아무도 진짜 궁금해하지 않아.

반 아이들, 삼삼오오 모여 늘 그랬듯 웅성거린다.

학생1   야, 그래서 강경주 가출한 거야?

학생2   내가 들었는데….

아이들 소곤소곤. 숙덕숙덕.

학생3   헐.

학생1   진짜야?

학생2   대박.

학생3   웬일이야.

학생1　　근데 정지호 쟨 뭐냐?

지호, 자기 이름을 듣고 고개를 들어 말한다.

지호　　나? 나.

아이들, 다시 "헐—" 하며 숙덕거리지만, 지호는 신경 쓰지 않는다.

지호는 여전히 친구가 별로 없고, 학교를 열심히 다니는 척 무탈한 나날을 보내고 있습니다. 지호는 두 사람이 함께 화분을 깨던 하천 다리 아래를 걷습니다.

지호, 하천 다리 아래를 걷다 화분을 깨던 벤치 옆에서 무언가 발견한다.

지호　　(깜짝 놀라며) 어?

하천 벤치 옆, 그날 밤 지호와 경주가 신나게 깨트린 화분의 꽃과 난이 스스로 뿌리를 내리고 자라 있습니다.

지호　　(신기한 듯) 대박.

지호, 새싹을 조심스럽게 만져본다. 상쾌한 바람이 불어온다. 저 멀리, 끝없이 푸른 바다가 출렁이며 지호의 머릿속, 수많은 생각들, 기억들이 스친다. 문득 지호, 누군가에게 말하듯 입을 연다.

지호   잘 있냐? 나는 잘 있다. 덕분에 이젠 진짜 혼자야. 혼자 아닌 척하는 혼자 말고, 진짜 혼자. (사이) 과학, 오늘은 질량보존의 법칙가지고 노래 만들어 왔더라. (픕, 웃는다.)

충분한 사이.

지호   언제 올 거냐. 강경주, 나쁜 년.

막.

작 가 노 트

2014년 어느 겨울밤, 지금도 살고 있는 나의 석관동 옥탑방에서 「고등어」는 시작되었다. 유난히 춥고 혹독했던 그해 겨울, 나는 외롭고 막막해져서야 비로소 내 청소년기를 밝혀준 한 친구를 떠올렸다. 그리고 몇 해 전 어느 새벽 블로그에 거칠게 끄적여둔 짧은 글을 찾아보았다. 2010년 11월 5일 새벽 3시 33분에 저장된 글은 식탁에 놓인 고등어구이 반 토막을 바라보다 기억 속으로 섬광처럼 찾아온 나와 한 친구에 대한 기록이었다. 그 글을 다시 찾아 읽은 밤, 텅 빈 페이지에 '고등어'라는 세 글자를 썼다.

1998년, 당시 중학교 2학년이던 나는 자주 정신이 혼미해지곤 했다. 마흔 명 가까이 되는 친구들과 똑같은 교복을 입고 갇혀 지내다시피 하는 좁은 교실은 물고기들을 빼곡히 가둬놓고 키우는 양식장 수조 같았다. 호르몬이 터져 나오는 성장기의 몸에 브래지어를 차고 생리를 하며 아침부터 작고 딱딱한 의자에 모범생인 척 앉아 있는 것도, 친구 관계가 삶의 거의 전부인 학교생활에서 쉬는 시간마저 혹여나 무리에 섞이지 못할까 봐 긴장하는 일도 모두 버거웠다. 그러던 어느 날, 그런 나의 학교생활에 한 줄기 빛이 생겼다. 남들은 모르는 비밀 친구가 생긴 것이다. 어디에서 그런 용기가 난 것인지, 나는 꾹꾹 눌러쓴 편지를 그 아이의 책상 서랍에 숨겨두었고, 우리는 친구가 되었다. 그 후로는 없다. 바라고 바라던 일이 실제로 이루어지는 꿈같은 사건 말이다.

별것 아닌 일에 출석부로 뒤통수와 등짝을 두들겨 맞는 것이 다반사였던 그 시절, 나는 오직 그 친구가 조금이라도 덜 맞길 바라는 마음에 숙제를 두 개씩 해와 이른 아침 서랍 속에 몰래 넣어두곤 했다. 숙제가 되어 있는 노트를 발견한 친구가 고개를 돌려 찡긋, 눈인사를 보내면 나의 학교는 햇살로 물들었다. 당시에는 그저 온몸으로 흠뻑 느끼는 것으로 충분하던, 지금도 내 몸에 여전히 새겨져 있는 그 감각은 아마도 '살아 있다'라는 느낌일 것이다.

삶은 매 순간 처음이다. 아이든 어른이든 우리는 모두 처음인 오늘을 산다. 그런 삶의 한가운데서 나는 말하고 싶다. 죽기 위한 몸부림은 없다고. 열다섯 살 지호와 경주는 때로는 격렬하게 때로는 눈에 보이지 않을 정도로 미세하게, 저마다의 방식으로 끊임없이 파닥인다. 잔잔해 보이는 일상의 수면 아래에서 서로의 파닥임을 알아본 두 사람은 친구가 된다. 그러다 그 파닥임이 한계에 부딪히자 두 사람은 수조를 탈출하는 물고기처럼 익숙하던 삶의 문을 박차고 나간다. 파닥임이 몸부림이 되는 순간, 두 사람은 달린다.

처음부터 의도하고 쓰진 않았지만 「고등어」는 '청소년극'으로 공연되었다. 청소년, 그중에서도 여자 청소년, 그중에서도 여중생의 이야기. 주체적인 존재로서 쉬이 조명되지 않던 열다섯 살 두 여학생이 주인공이다. 공연을 위해 작품을 수정하던 초반 단계에서는 그들의 삶이 어떤 것인지에 대해 고민했다. 자전적인 이야기에서 출발했기에 우선 나의 청소년기를 반추했고, 동시대 청소년들에 대한 리서치도 진행했다. 그 과정에서 깨달은 것은 열다섯 살 소녀들의 삶은 '어떠한 것'이 아니라, '그 자체로 충분한 것'이라는 사실이다.

청소년기는 단지 성인이 되기 위한 과정의 시간이 아니다. 성인에게 질풍노도 속 꽃처럼 피어나던 푸른 시절로 기억되는 그 시간은, 청소년들에게는 삶의 전부인 매일이다. 그것은 성인에게도, 남자 청소년에게도, 여자 청소년에게도 마찬가지다. 그렇기에 두 소녀의 몸으로 감각하는 세계를 통해 누구나 공감할 만한 이야기를 나누는 작업의 의미와 필요성에 대해서도 고민해본다. 어설프고 충동적으로 보일지라도, 그들은 매 순간 자신의 삶에서 최선의 선택을 한다. 나 역시 그랬다.

'아이는 눌러도 자란다.' 일본의 문학가 사카구치 안고의 말이다. 인간은 결국 스스로 자라는 존재, 우리 모두 그렇게 자라왔다. 삶을 가르칠 수 있는 유일한 스승이 있다면 그것은 바로 우리 자신의 삶일 것이다. 「고등어」를 쓰며 생각했다. 존재는 살아 있는 것만으로도 성장한다고, 그러니 성장하기 위해 너무 애쓰지 않아도 된다고. 때론 헤맬지라도, 자주 막막해질지라도 결국 우리의 삶이 우리를 자라게 할 터, 하루하루를 살아내는 것만으로도 충분하다고 말이다.

「고등어」는 2015년 국립극단 낭독 쇼케이스에서 출발해 2016년 정식 공연으로 제작되기까지 재창작에 가까운 수정 작업을 거쳤다. 이 희곡에는 많은 분의 조언과 반짝이는 아이디어가 녹아 있다. 멘토 작가 배삼식, 연출 이래은, 드라마터그 김석영, 무대감독 문원섭, 사운드디자이너 목소, 청소년자문 장재키, 예술교육팀 박영과 곽정은, 전 부소장 유홍영, 피디 김미선, 연구원 손준형을 비롯한 어린이청소년극연구소, 낭독 쇼케이스를 함께한 배우 최희진과 성수연, 소극장 판 무대를 빛내준 배우 류경인, 정새별, 경지은, 한소미, 정지윤을 비롯해 프로덕션에 함께한 모든 이에게 지면을 빌려 감사를 전한다.

화분이 깨져도 식물은 자란다.
고등어는 살아 있다.

좋아하고있어

황나영

등장인물	민혜주	18세, 고2, 여자
	박지은	18세, 고2, 여자
	김소희	19세, 고3, 여자

무대   혜주의 자취방.

낮에도 밤에도 서늘한 작은 욕실.

거울과 세면대, 칫솔 하나, 노란 오리 장난감,

나(혜주) 하나 딱 들어가는 욕조 하나.

그리고 운동장, 버스 정류장, 교실.

일러두기   내레이션은 해당 장에 등장하지 않는 인물이 읽는다.

멈춘 시간, 정류장 장면은 혜주가 읽는다.

이 희곡은 내레이션과 행동 지문을 구분하지 않았다.

등장인물 소개와 행동 지문, 장 제목 등은 배우가 내

레이션으로 처리하기를 권한다.

프롤로그

함께	안내서.
혜주	전구를 갈 때는 감전에 대비해 손에 물기가 없는 상태에서 갈도록 한다. 혹은 장갑을 끼는 것이 좋다.
지은	전구를 빼기 전에 반드시 전원을 끄고 시작한다. 또한 넘어져 다치지 않도록 바퀴가 없고 흔들림이 없는 튼튼한 의자를 준비한다.
소희	중요한 것은 너무 겁먹지 않아도 된다는 것이다. 전구는 약간 뜨거운 정도이며 화상을 입지 않는다. 또한 쉽게 깨지지 않는다.
함께	부수려고 마음먹지 않는 이상 깨지지 않는다.
혜주	(전구를 올려다본다.) 전구가

지은과 소희도 전구를 보며

함께	깜박 깜박 깜박.

1장 표백제맛 키스

햇살 뜨거운 초여름 주말 아침.

혜주의 자취방 욕실 안.

혜주와 소희가 청소 중입니다.

문지르고 닦습니다. 다시 문지르고 닦습니다.

소희	다 했다!
혜주	여기도 거품.
소희	(대충 닦고) 다 했다!
혜주	이케, 이케 빡빡 제대로 닦아야지—

소희 괜히 세면대 위 오리 인형을 괴롭히며 힐끗.

소희	더워. 졸려.
혜주	(청소 열중)
소희	맨날 이렇게 해?
혜주	아니. 내일은 엄마 오니까.
소희	(오리 안에서 담배 꺼내) 이런 거 들킬까 봐?

혜주 발견하고 앗, 담배 뺏어 멀리 던지고

소희   애들은 술 먹으려고 밴드 하는 거 같아.

혜주   아니 걔들은 한 번도 치운 적이 없어.

소희   나만 남은 거 알지?

혜주   이제 입장료 받을 거야.

소희   나도?

혜주   언니 빼고.

소희   (힛)

욕실 안은 비누 거품으로 가득. 점점 달아오르는 타일 바닥.

두 사람 노래 부르며 한참 청소하다가

혜주   (휙) 아, 너무 배고파….

소희   내가 해줄까? 냉장고에 뭐 있어?

혜주   지은이네 엄마가 주신 반찬이랑….

소희   모범생?

혜주   되게 맛있어. 진짜 잘하셔.

소희   나도 자취하면 진―짜 잘 해 먹고 살 거야. 나, 계
       란 프라이 엄청 잘해!

혜주   참 나. 김치찌개 정도는 해야….

소희	해줘.
혜주	설거지해줘.
소희	빨래는 니가 해.
혜주	제발 음식 쓰레기 좀 버려줘. 제일 싫어.
소희	공평하게 당번을 정하자. 싸움 나.
혜주	칭찬 스티커 붙여주자. 다 모으면 소원 들어주기. (충격) 대박. 언니, 둘이면 탕수육도 시킬 수 있어.
소희	(귀여워서 죽음)
혜주	피자는 라지에 사이드 메뉴! 언니 끝나는 시간에 맞춰서 치킨을 시키는 거지. 양념? 후라이드?
소희	후라이드!
함께	(하이파이브) 역시!
혜주	다리? 퍽퍽살.
소희	(동시에) 퍽퍽살.
함께	꺄아아아아아!
혜주	나 이제 마트에서 '원 플러스 원' 다 살 거야. 밥 먹을 때 유튜브도 같이 보고. 밤새 떠들다가 잠들면 언니가 깨워줘야 해? 학교도 같이 가구. 가끔 만나서 같이 들어오구. 아, 어뜩해. 같이 자취하면 너무 재밌겠다. 그치?
소희	응!

혜주　　　응—

욕실 안이 조용해집니다.
두 사람, 본능적으로. 어쩌면,
(소희가 가까이 다가오면)
똑 똑 똑, 물 떨어지는 소리.
언니에게 나는 표백제 냄새.
눈 꾹 감고, 숨 꾹 참고
입술이 살짝 닿았습니다.
전구가 깜박 깜박 깜박.
(두 사람 올려다본다.)

2장 오묘하고 야릇할 땐 배드민턴

점심시간.

땡볕의 운동장.

땀 냄새.

녹아내리는 선크림.

꿀-낮잠을 즐기는 혜주.

지은이 배드민턴을 치고 있습니다. 하지만 온통 신경은 휴대폰에.

톡톡톡톡톡톡톡, 톡.

달려가서 휴대폰을 확인해보지만 뭐 없습니다.

지은	(시무룩) 혜주야. 민혜주우. (쿡) 나 이선우 좋아해. (쿡쿡) 이선우 좋아한다구우. 아 나! 이선우 좋아한다구!
혜주	으응? 이선우? (헉) 우리 밴드 이선우?
지은	응. 이선우. 내가 뒤돌아보면 꼭 나 처다보고 있다니까. 마주치면 바로 눈 피한다. 안 본 척하고. 그러고는 쉬는 시간 되면 꼭 와서 수학 물어본다니까.
혜주	언제부터?

지은　일주일 됐나?

혜주　(삐침) 나 완전 몰랐네.

지은　왜에. 나도 아리까리해서 고민하느라 말 못 했어. 다음부턴 바로바로 말할게.

혜주　(흘깃)

지은　지는. 맨날 밴드가 어쩌고 소희 선배랑 이거 했구 저거 했구 바쁘구.

혜주　지는! 맨날 공부. 독서실, 학원, 과외.

지은　모의고사 망했어.

혜주　좀 잊어라.

지은　어떻게 수학을 한 개나 틀릴 수 있지?

혜주　아오.

지은　지금 성적이 고3까지 간대.

혜주　여름 방학, 가을, 겨울, 또 방학. 한참 남았다.

지은　그렇겠지…?

두 사람, 한숨.

공을 쫓아 몰려다니는 남자아이들을 구경합니다.

이리저리 와— 와— 이 새끼 저 새끼 메아리.

혜주　쟤네는 덥지도 않나.

지은　　　남자애들은 좋―겠다. 아무 데서나 홀렁홀렁 다 벗고 다니고. 우린 러닝 입어라, 브라 비친다, 단추 풀지 마라. 봐. 팔도 안 올라가.

혜주　　　너도 벗어.

지은　　　(자랑) 너무 꽉 껴. 불편해.

혜주　　　(가슴 퍽) 자랑하냐.

지은　　　악!

서로 쫓고 쫓기며 꺄아아아아―

혜주　　　그래서 이선우 어디가 좋은데?

지은　　　기타 치는 거 너무 멋있어. 다른 애들은 땀 냄새 나는데 걘 선크림 냄새 나.

혜주　　　(주위 살피고 작게) …키스해봤어?

지은　　　(퍽퍽) 허. 참. 야. 아니야! 아직 사귀지도 않았단 말이야. 넌 입부터 들이대냐?

혜주　　　그냥 물어보는 거잖아―

지은　　　이선우 때문에 수학 틀린 거야. 나 진짜 16번 문제 원래 3번이라 했거든? 근데 막판에 바꿨거든. 아, 바보 같아. 걔 땜에 되는 일이 없어. 그 와중에 넌 밴드 갔지. 엄마한테 전화 오지. 과외한테 문자 오

　　　　지. 이선우는 게임 하트 보내달라 하지….

혜주　　　나한테는 게임 하트도 안 보내—

지은　　　(앓는다.) 야아—

수업 종소리. 두 사람, 급 식습니다.

그때 카톡. 혜주와 지은, 동시에 휴대폰을 확인합니다.

혜주가 씨익, 소희입니다.

지은　　　아, 이선우 또. 하트면 죽여버…. 헉. 야. 대박.

혜주　　　(바짝) 왜 왜.

지은　　　"너 왜 안 보여?"

혜주　　　너만 보고 있었네!

지은　　　뭐라 그래? 빨리. 빨리.

혜주　　　이렇게 보내. 수업 째고—

지은　　　째긴 뭘 째. 장난 말고….

혜주　　　(말 끊으며) 가만있어봐. 혜주랑 분수대에서 팥빙

　　　　　　수 먹을 건데 너도 올래?

지은　　　(보다가) 읽었어! 읽었어! 나가! 나가! 나가! 나가!

카톡.

함께	꺄아아아아아아!
지은	나 못 보겠어.
혜주	(대신 확인하며)
지은	…뭐래? …간대?
혜주	(눈치 보며 보여준다.)
지은	"잘못 보냄…ㅈㅅ… ㅋ"…잘못 보냈대.
혜주	미친 새끼. 야, 답장하지 마. 지가 뭘 안다고.

지은, 시무룩해서 배드민턴 라켓을 챙겨 들어갈 준비합니다.

지은	가자…. 종 쳤다.
혜주	박지은.
지은	왜.
혜주	우리 나가자.
지은	어딜.
혜주	분수대. 팥빙수.
지은	안 돼. 쌤이 나만 봐서 금방 걸려.
혜주	그니까 왜 꼬박꼬박 대답을 하냐구요.
지은	아무도 안 하잖아. 그럼 어색하구, 쌤이 불쌍하구….
혜주	(끊으며) 내가 쏜다. 시원하게 분수대에서 팥빙수.

지은   나 팥 안 좋아해.

혜주   설빙.

지은   안 돼.

혜주   망고치즌데?

지은   (흠)

혜주   10, 9, 8, 7, 6, 5, 4, 3, 2, 1…!

지은   콜!

함께   꺄아아아아아!

지은   (나가며) 가방 챙겨야 하는 거 아냐?

혜주   (나가며) 미쳤어. 한 시간 있다 올 거야.

지은   나 수학인데.

혜주   나 영어.

지은   대박. 나 수업 처음 째봐. 우리 짱이다.

혜주   조용히 해…! 들켜.

살금살금 몰래 교문을 넘고 후다닥 뛰는 두 사람!

문밖을 나서자마자 꺄아아아.

모두 사라진 아이들.

텅 빈 운동장.

조용합니다.

소희, 카톡 소리에 휴대폰 확인하며 씩 웃습니다.

3장 가까이 있어도 먼 사이

늦은 저녁. 욕실 안.

혜주의 집에서 가장 에코가 빵빵한 곳.

아— 아— 아—

축제 때 뭘 불러야 잘 불렀다고 소문이 날지.

소희	이건 어때? '그것만이 내 세상'! 들국화!
혜주	들국화?
소희	진짜 록! 상상해봐. 조명이 촤— 떨어지는 거야. 스포트라이트. 사일런스. 딱 나한테 시선 집중. 챠챠챠— 어디선가 드럼 올리면—! "하지만— 후회는 없어— 찾아 헤맨…." (배 누르라고 손짓)
혜주	(누르면)
소희	"모든! 꿈!"
혜주	(더 꾹)
소희	"그— 그— 그것만이 내 쉐상! 그것만이 내 쉐상!"
혜주	(목 뒤가 쭈뼛)
소희	"그것만이 내 세(소리 없는 샤우팅)상—!"
혜주	(보다가) 록이 그렇게 좋아?

소희   합법적으로 소리 지를 수 있잖아.

혜주   그냥 다 아는 거 하자아. "봄바람 휘날리(며—) 흩 날리는 벚꽃 잎(이—)"

소희   축제 가을이거든?

혜주   "여수 밤바다—"

소희   내 마지막 무대야. 이번엔 내가 부르고 싶은 거 부 를래. 진짜 락!

혜주   노래 부를 때마다 눌러줄 수도 없잖아.

소희   넌, 넌 베이스 자신 있어?

혜주   난 안 틀려.

소희   이 자신감은 어디서 나오는 거지?

혜주   나보다 이선우가 더 많이 틀릴 테니까. 그럼 난 묻 히겠지?

소희   나 없으면 밴드 망했다. 나도 벌써 3학년이라구!

혜주   빨리 졸업하세요.

소희   나도 가는구나—

혜주   3학년 되면 달라?

소희   일단 서울대를 못 간다는 걸 인정했지.

혜주   오— 연고대, 오— 서성한, 오— 중경외….

소희   내 이름을 되찾고 싶다. 고3 말고 김, 소, 희.

혜주   뭐 되고 싶은데.

소희   그냥 나.

혜주   …오글거려.

소희   그 말 금지야! 감수성을 매도하는 단어야!

혜주   그럼 아이유! '너의 의미'! "너의 그 한마디 말도
            그 웃음도 나에겐 커다란 의미—"

소희   산울림이 오리지널이야.

혜주   ….

소희   원곡도 꼭 들어봐.

혜주   아이유도 좋던데…. 밤에 이불 뒤집어쓰고 들으면
            진짜 좋아. 꼭 내 얘기 같아.

소희   자신만의 멜랑꼴리가 있어야 진짜지. 새벽 감성.

혜주   고3이 우울도 즐기고 여유 많다—

소희   그래. 난 가짜다—

혜주   좋음 됐지. 누가 불렀든.

소희   잔잔한 건 '너의 의미'로 할까?

혜주   응!

소희   콜!

혜주   "너의 모든 것은 내게로 와 풀리지 않는 수수께끼
            가 되네—"

소희 한참이나 노래에 심취한 혜주를 보다가

소희   (볼 가리키며) 너 여기 묻었다.

혜주   여기?

소희   (도리도리)

혜주   됐어?

소희   (떼어주며) 예쁘다.

혜주가 소희를 봅니다.

똑 똑 똑 똑 똑.

눈 꾹 감고 숨 꾹 참고

이번엔 키스.

깜박 깜박 깜박.

두 사람, 전구를 봅니다.

발끝이 찌릿하고 저립니다.

(혜주 심호흡)

깜박 깜박 깜박.

소희 더 가까이 가려는데

혜주 어색하게 뒤로 물러섭니다.

두 사람 사이로 어색한 거리, 적막이 끼어듭니다.

소희   (얼른) 나 이제 가야겠다. 버스 때문에. 나오지 마.

혜주   (얼굴 가리며) 어. 나 지금 쌩얼이라 눈썹이 없어
        서….

소희   연락 좀 해. 맨날 나만 먼저 하잖아. 아직두—

혜주   응. 가—

소희   연습 때 보자—

두 사람 손을 흔듭니다.

계속, 끝없이, 끝없이 인사가 이어집니다.

4장 성적 떨어지다

이른 저녁. 세면대 앞.

혜주의 자취방에서 가장 큰 거울이 있는 곳.

그래봤자 지은과 혜주 둘이면 꽉 차는 크기.

지은   (휴대폰을 보여주며) 이거 봐. 이선우.

혜주   왜?

지은   너무 덤덤하지? 나만 이상하지?

혜주   부끄러워서 그럴 거야.

지은   아니. 난 걔 카톡이 오면 1초도 못 참겠거든? 근데 걔는 세월아 네월아. 아니, 좋아하면 바로바로 연락을 해야 하는 거 아니야? (한숨) 우리 엄만 매일 내게 말했어. 언제나 남자 조심하라고. 사랑은 마치 불장난 같아서 쉽게 다치니까. (블랙핑크의 '불장난' 노래를 부른다.)

혜주   이선우. 블핑. 누구야. 골라.

지은   이선우는 이선우고, 블핑이는 활력소지.

지은 내적 댄스. 마음만은 블랙핑크.

혜주	양다리.
지은	너도 최애 찾고 광명 찾아. 모든 근심걱정 해결해 준다. 예쁜 애들 보고 힐링하자.
혜주	제발 현실로 빨리 돌아오렴.
지은	덕통사고가 왔을 땐 빨리 인정하는 게 좋아.
혜주	덕통사고?
지은	딱 '아, 얘다!' 하는 순간. 치이는 거. 꽝!
혜주	죽는 거 아니냐?
지은	그만큼 좋다는 거지.
혜주	우리 지은이 이선우한테 완전 치였네.
지은	나만 치인 거 같애….
혜주	…치였는진 어떻게 아는 건데?
지은	글쎄.
혜주	누구한테 치이면 딱 알 수 있어?
지은	그건 너만 아는 거야. 다 달라. 난 으으으 앓고 막 부수고 싶고 그래. 근데 부정기가 길면 길수록 나 중에 더 심하게 앓으니까 빨리 인정하고 열심히 사는 게 나아. 너도 언젠가 너만의 최애가 나타나 면 알게 돼. 근데 왜 이게 궁금하실까.
혜주	뭐.

지은   뭐냐.

혜주   뭐어—

지은   뭔데에에—

깜박.

지은   왜 저래?

깜박 깜박 깜박.

혜주   (부러 무신경하게) 가끔 저래.

지은   저러다 나가겠다. 아빠 불러.

혜주   뭐 이런 걸로. 걱정이나 하지.

지은   그래도,

그때 지은의 알람 소리. "우리 사랑은 불장난—"

지은   아! 과외. 나와. 나 가방 가지러 간다…. 빨리 해.

혜주   응.

지은이 나가고 혜주, 머리로 얼굴을 가려버립니다.

카톡.

혜주 열어보지도 않고 한숨.

카톡. 카톡.

혜주　　　박지은— 박지은! 박지은! 빨리빨리!

지은　　　(얼굴 내밀고) 왜.

혜주　　　너 오늘 나랑 같이 밴드 갈래?

지은　　　나 오늘 과외라구.

혜주　　　아, 맞다. 오늘 안 되겠다. 연습이지.

지은　　　뭐야. 어쩌라구.

혜주　　　기말 끝나고는 되는데! 합주 안 하고 놀 거거든.

지은　　　나 가두 돼?

혜주　　　그럼! 애들도 다 친구 데려와.

지은　　　뭐야. 왜 지금까지 날 뺐어?

혜주　　　엄마 때문에 안 된다고 할 거잖아.

지은　　　야! 내가 무슨—

혜주　　　오면 술도 먹구— 나두 있구— 이선우도 있구—
　　　　　　　이선우도 있구—

지은　　　(밀치며) 검토해볼게. 너 안 가냐?

혜주　　　머리 하고 갈래.

지은　　　맨날 똑같은 머리.

혜주   다르거든?

지은   그러게 빨리빨리 좀 하지— 맨날 꾸물꾸물.

혜주   가—

지은   (뒤로 나가며) 연락해. 민혜주—

혜주   (일부러 크게) 응!

다시 혼자.

카톡.

어쩐지 답하기도 싫고 나가기도 싫고.

카톡. 카톡. 카톡.

빈 욕조에 길게 누워

깜박 깜박 깜박.

눈 꾹 감고 숨 꾹 참고

흡.

5장 주말 내내 잠수

아침 등교 시간. 세면대 앞.

혜주의 자취방에서 가장 큰 거울.

그래봤자 둘이면 꽉 차는 크기.

혜주는 거울을 보며 머리를 말리고 있습니다.

지은   나 금요일에 간다. 밴드.

혜주   과외는?

지은   기말 끝나고 쉬어. 좋겠지?

혜주   엄만?

지은   우리 엄마 너 좋아하잖아. 우리, 공부하는 거야.

혜주   그걸 믿어?

지은   우리 엄만 내가 어떤 사람인지 영원히 모를걸—

혜주   그래, 좀 몰라도 돼.

지은   근데 너 왜 주말에 톡 보내도 답을 안 하냐?

혜주   공부.

지은   전화도 안 받고.

혜주   집중. 나 원래 그러잖아. 너 다 했어?

지은   난 진작 다 했다. 너 기다리고 있잖아.

혜주 얼른 교복을 입으러 나갑니다.

심심한 지은이 셀카를 찍습니다.

포즈— 다시 포즈. 포즈.

귀여운 노란 오리 들고 포즈.

덜컥, 오리 안에 뭔가 있습니다.

흔들어보면 덕덕덕덕. 열어보면 담배입니다.

혜주 들어오면

지은   너 담배 피워?

혜주   (아차)

지은   언제부터?

혜주   그거. 그냥 공부 안 풀릴 때. 가끔.

지은   밴드구만. 김소희지?

혜주   아니야아. 넌 선배랑 말도 안 해봤으면서 되게 싫
          어한다?

지은   너 낯설다.

혜주   그냥 그렇다고.

지은   (담배를 입에 물며) 나도.

혜주   니가 이걸 왜 피워.

지은   왜? 안 돼?

혜주   안 돼애—

두 사람 담배 붙잡고 씨름하다가, 지은 뺏깁니다.

지은   혼자 담배 피우면서 잠수 탔냐?
혜주   미안해—
지은   휴대폰은 왜 써. 시계야? 톡도 안 봐. 페북도 안 해. 인생 혼자 살아? 나 뒀다가 뭐해. 너도 참 깜깜하다. 혼자 이런 거 피우지 말구 전화를 하든 톡을 하든.
혜주   다신 안 그래.
지은   잠수 좀 타지 마. 걱정된단 말이야.
혜주   (안으며) 내 걱정해주는 건 지은이밖에 없엉.

깜박 깜박 깜박.

지은   불도 안 고쳤네.
혜주   (떨어지며) 놔두면 괜찮아져.

깜박 깜박 깜박.

지은 또 잔소리하려는데,

알람 소리.

함께   지가아아아아아악!

6장 지도를 봐도 지금 어딘지 모른다면

깜박 깜박 깜박.

혜주가 전구를 올려다보고 있습니다.

휴대폰을 검색해봅니다.

"혼자서 전구 가는 법. 새 전구를 사기 전에 일단 전구가 무엇인지 알아야 합니다. 다 똑같은 전압이 아니므로 전력 와트(W)와 소비전압 볼트(V)를 확인하세요."

혜주　　뭔 말이야. 전구가 무엇인지?

이번엔 댓글.

"힘이 약하신 여성분들은 남자에게 도움을."

"초보자. 도저히 열리지가."

"못 하는 게 어딨습니까. 해보면 늘어요."

"사시는 곳이 어딘지, 도움을 드리고자."

혜주가 휴대폰을 꺼버립니다.

그리고 의자를 가져와 올라섭니다.

손을 뻗으려다가

혜주   깨질 것 같아….

"잊지 않으셨죠? 반드시 전원을 끄고. 튼튼한 의자."

파짓, 전기 오르는 소리.

얼른 내려오며

혜주   감전당하면 어떡해?

뇌리를 스치는 새드 엔딩, 감전사.

다시 의자를 제자리에 가져다 놓습니다.

깜박 깜박 깜박 깜박.

7장 못다 한 고백

늦은 저녁.

욕조에 물이 가득 차오르고 있습니다.

혜주 욕조에 걸터앉아 괜히 발로 물만 튀기고.

소희 괜히 서성이다 세면대 위 지은의 명찰을 발견합니다.

소희	박지은?
혜주	두고 갔나 보다.
소희	욕실에?
혜주	그르게. 칠칠맞게.
소희	앤 인생 걱정 없겠지? (내려놓으며) 잘 지냈어?
혜주	응.
소희	아픈 건? 너 저번에 밴드도 못 왔잖아.
혜주	이제 괜찮아.
소희	연락 좀 해. 맨날 나만 먼저 하잖아. 아직두.
혜주	언닌 뭐 하구 지냈어?
소희	(옆에 앉으며) 나 상담했어. 진로 상담.
혜주	잘했어?
소희	나보다 쌤이 더 내 인생을 걱정하더라고. 졸업하

면 다신 볼일 없을 텐데. 수없이 스쳐가는 학생 중 하나일 뿐인데 이래라저래라. 근데 솔직히 말하면 쌤이 날 다 아는 것도 아니잖아. 존나 웃겨.

혜주 가고 싶은 데 못 간대?

소희 대학, 대학. 지겹다.

혜주 대학을 가야 취직도 하고, 돈도 벌고.

소희 일하다가 골병들고.

혜주 다 그렇게 살아.

소희 시시하다.

혜주 평범하게 사는 게 얼마나 힘든데.

소희 나도 그렇게 살까? 남들처럼. 평범하게 거짓말이나 하면서.

혜주 왜 그럴까— 언니 원래 이런 사람 아니잖아.

소희 내가 원래 어떤 사람인데?

혜주 못생겼어.

소희 아, 어떤 사람인데—

혜주 하고 싶은 일은 꼭 하는 사람.

힛, 소희 더 가까이 앉습니다.

소희 나 유학 갈 거야.

혜주   …유학? 언제?

소희   졸업하면 바로? 여긴 나랑 안 맞아. 일단 그나마
       영어권? 미국? 유럽! 런던! 캐나다!

혜주   영어도 못하잖아.

소희   걱정하지 마. 내가 누구냐. 나 김소희야. 긍정적이
       구, 일단 하면 끝장내거든. 영어? 가서 배우면 되
       지. 가서 나 같은 애들이랑 파티도 하고. 옷도 맘
       대로 입고 퍼레이드도 나갈 거야. 저 멀리 젖과 꿀
       이 흐르고 들판 위에 무지개랑 유니콘이 뛰어다니
       는 천국으로!

혜주   그거 다 부모님 돈으로 하는 거 아니야?

소희   '워홀' 하면 되지.

혜주   그니까, 아무 계획도 없다는 거네.

소희   어차피 다 준비해도 막상 가면 다 다르댔어. 일단
       가는 게 중요하대. 이것저것 생각하면 못 가. 일단
       다 잊고 행복에 집중하는 거야. 잠깐 이기적으로
       살고 나중에 잘하면 되잖아. 이기적으로 사는 것
       도 연습이야.

소희 손 잡으면 혜주 손 빼며

혜주	다 정해놨네. 맘대로 해.
소희	(안으며) 같이 갈까?
혜주	(풀며) 나 대학 갈 거야.
소희	…왜 화난 건데?
혜주	이런 거 하지 말라고.
소희	왜?
혜주	이상하고 불편해.
소희	우리 키스했잖아.
혜주	그냥 장난친 거야.
소희	너 눈 꾹 감고, 숨 꾹 참고 그랬잖아.
혜주	여자들끼린 다 그래. 원래 엉덩이 만지고 가슴도 만지고. 나 지은이랑도 그래.
소희	(보다가) 나 너 좋아해.
혜주	응. 언니 좋아하고, 지은이도 좋아해.

두 사람 마주 봅니다.

소희, 지은의 명찰을 낚아채서

소희	그럼 박지은한테 말해봐. 우리 키스한 거 걔한테 말할 수 있어? 걔는 우리에 대해서 아무것도 모르잖아. 그러면서 친구니 어쩌니 떠들고. 넌 그거에

좋다고 같이 다니고. 널 제일 잘 아는 건 나야! 이
런 애들이 아니라!

혜주, 달려들어 명찰을 뺏으려 하자 소희가 버팁니다.
두 사람, 한참을 씨름하다가 소희가 명찰을 욕조에 던집니다.
물속으로 가라앉는 명찰.

소희   너도 나 좋아하잖아.

혜주   나 언니 안 좋아해.

멈춤.
깜박 깜박 깜박.

혜주   씨발, 짜증 나게.

소희   그럼 고쳐. 짜증 나면 고치면 되잖아.

혜주   감전당할 수도 있어.

소희   (어이없다.) 손 닦고 불 끄고 해.

혜주   감전당하고 나면 죽어.

소희   해본 적도 없으면서.

혜주   해봤어.

소희   거짓말하지 마.

혜주 (어이없다.) 거짓말 아니야.

소희 솔직히 말해. 적어도 나한텐 그래야 하는 거잖아!

혜주 아무것도 모르면서 그딴 식으로 말하지 마.

소희 (나가며) 전화하지 마.

혜주 (등에 대고) 너나 전화하지 마!

소희가 나가고 혜주 화를 삭이려 애쓰다가

욕조로 들어가 물속에서 명찰 건져냅니다.

명찰에서 떨어지는 물방울.

똑 똑 똑 똑.

혜주 욕조의 물을 빼버립니다. 물 빠지는 소리.

소희가 가방을 메고 신발을 신고 현관을 나서는 소리,

소용돌이치며 빠져나갑니다.

혜주만 홀로 덩그러니.

혜주 존나, 씨발. (사이) 이기적인 년. 존나 못됐어. 미친.
씨발. 진짜. 짜증 나…. 나보고 어떡하라고. (사이)
아, 씨발. 어뜩해. 아, 어뜩해….

8장 마음이 울적하고 답답할 땐 배드민턴

점심시간. 땡볕의 운동장.

땀 냄새. 녹아내리는 선크림.

혜주가 배드민턴 라켓을 허공에 휘두르고 있습니다.

지은은 휴대폰만 붙잡고 선우와 카톡 중입니다.

혜주   박지은. 치자.

지은   안 돼. 땀 나면 안 된단 말이야.

혜주, 보다가 결국 혼자서 배드민턴.

톡톡톡톡톡톡, 툭.

짜증 꾹 참고 다시.

톡톡톡톡톡톡, 툭.

강 스파이크! 땅에 박히는 셔틀콕.

혜주   더워.

지은   이거 봐라. 이선우가 나보고 예쁘다 그랬다—

혜주   아— 네.

지은   어제는 나 버스 타는 것도 기다려줬다? 두 대나

보냈다—

혜주 하하. 그러셨군요.

지은 그래놓고 오늘 아침 되니까 쿨한 척한다? 지 친구들 앞이라고? 때릴 뻔했다.

혜주 '밀당' 하냐?

지은 나랑 이선우랑 진짜 사귀면 어떨 것 같아?

혜주 글쎄.

지은 생각해봐. 맥도날드 신메뉴가 나왔는데 내가 이선우랑 먼저 먹어버린 거야. 소중한 주말에 너랑 놀지 이선우랑 놀지 골라야 할 거고. 어느 쪽을 골라도 편치 않아.

혜주 나랑 먹을 때 처음 먹은 척해.

지은 연애는 아직 하지도 않았는데 왜 이렇게 어렵냐?

혜주 완전 감정 낭비잖아. 서로.

지은 야. 니가 지금 연애를 안 하니까 그러지.

혜주 넌, 뭐, 하냐?

지은 나는 말만 안 한 거야. 아직.

혜주 그럼 아닌 거지.

지은 뭘 모르네— 넌 연애하면 나한테 꼭 상담해라.

혜주 (라켓을 휘두르며) 난 나 하나로 벅차다—

카톡.

지은   잠깐만.

카톡. 카톡. 카톡. 카톡.

혜주   난리 났네. 그만 찾으라 그래!

지은   지치지도 않네, 얘들.

혜주   왜.

지은   소희 선배, 레즈비언이잖아.

혜주   뭐?

지은   선배가 너한테 암말도 안 했어?

혜주   어. (얼른 지은의 휴대폰을 확인한다.)

지은   친했잖아.

혜주   친해도 이런 건 말하기 좀….

지은   선배가 상담 쌤한테 커밍아웃을 했는데 쌤이 엄마
              불렀대.

혜주   언제.

지은   왜, 그때 고3 진로 상담.

혜주   (아차, 그때구나.)

지은   선배네 엄마가 막 교무실에서 울었대. 안됐지?

카톡. 카톡. 카톡. 카톡. 카톡. 카톡.

지은   나도 너처럼 단톡방 나갈까 봐. 배터리 다 나가게.

카톡.

지은   헐. 계정까지 턴 거야?
혜주   미친 거 아냐, 다들?
지은   너희 밴드 어떡해?
혜주   아니, 뭐 여자랑 찍으면 다 애인이야?
지은   그러게. 남이사 누구랑 사귀건 말건 지들이 무슨
         상관이야. 야, 그만 보자.

지은, 휴대폰을 주머니에 넣어버리고 눈치.

지은   근데, 나 밴드 가도 돼?
혜주   당연하지. 애들한테 다 말해놨는데.
지은   안 되면 말해줘. 난 괜찮아—
혜주   야. 다들 이거 때문에 밴드 하는데. 꼭 와.
지은   그게 선택할 수 있는 게 아니래. 잘해줘.

혜주　　당연하지! 나 그런 거 편견 없어.

지은　　야, 그래도 섭섭하겠다. 너한테 말도 안 해주고.

혜주　　그 정도 사인 아니었나 보지. 배드민턴이나 치자.

지은　　그래. 특별히 쳐준다. 살살해. 땀 나면 안 돼.

두 사람 랠리 이어지다가 혜주가 실수.

지은　　아, 뭐야. 다시 해.

혜주　　(서브 실수)

지은　　제대로 해. 마지막 기회다.

혜주 이 악물고 강 스매싱!

포물선을 그리며 멀리 날아가는 셔틀콕을 본다.

툭, 떨어지고 나서야

지은　　야구냐? 선 아웃!

혜주　　공 주워줘.

지은　　아, 손 진짜 많이 가. 귀여운 내가 특별히 가준
　　　　다―

지은이 멀리 공 주으러 가고

바닥에 널브러진 라켓들.

덩그러니 혼자 남은 혜주.

어느새 공을 쫓던 아이들도 낮잠을 자던 친구들도

모두 사라진 운동장.

9장 멈춘 시간

소희가 문제집을 풀고 있습니다.

펜은 거의 움직이지 않습니다.

종이 울려도 일어나지 않습니다.

대신 이어폰을 꽂았습니다.

고집스럽게 시간을 버티고 있습니다.

멀리서 귀가 찢어질 듯 들려오는 매미 소리.

10장 소문의 유니콘

혜주   웩.

혜주가 변기에 토하고 있습니다.
지은이 흘러내린 혜주의 머리칼을 잡아줍니다.

지은   (등 때리며) 술 잘 마신다매.
혜주   웨에에에에에엑.
지은   어우야.

혜주 변기 앞에 널브러져 앉습니다.

지은   애들은 다 갔다.
혜주   걔네 하나도 안 치웠지.
지은   어.
혜주   이제 다 못 오게 할 거야.
지은   그래. 부르지 마.
혜주   왜. 재미없었어?
지은   이선우는 쓰레기야.

혜주	?
지은	성격도 별로고. 나랑 잘 안 맞는 거 같아.
혜주	뭔데—
지은	(도리도리) 말하기 싫어.
혜주	(걱정) 왜 그래—
지은	그냥….
혜주	(보다가) 그래. 니가 훨씬 아까워. 우리 지은이, 어, 공부 잘하지. 그리고… 귀엽지. 잘됐어. 니가 더 아까워.
지은	나 걔 진짜 좋아했는데.
혜주	어뜩하냐, 우리 박지은. 첫 키스였는데.
지은	…봤어?
혜주	모른 척했다— (장난) 웩!
지은	진짜 심장 터지는 줄 알았는데…. 나한테 그런 것도 있더라.
혜주	미안. 나 담배 한 대만.

혜주, 담배를 찾아 꺼냅니다.

지은, 보다가

지은	같이 해.

혜주	안 돼—
지은	나도 오늘 힘들단 말이야.
혜주	오늘만이야.

혜주, 라이터를 켠다. 두 사람 담배를 나눠 피웁니다.
피어오르는 담배 연기.

지은	(콜록대며) 이게 뭐야…. 진짜 별루다.
혜주	오늘 술도 마셔보고— 나 토하는 것도 보고—
지은	(장난) 더러워.
혜주	고마워—
지은	…너, 소희 선배랑 연락해?
혜주	아니.
지은	오늘 진짜 안 왔네.
혜주	응.
지은	연락은 안 와?
혜주	응.
지은	서운하겠다.
혜주	그만 얘기하자. 술 먹는 내내 애들이 선배 얘기 했 잖아. 지겹다, 지겨워.

혜주 짜증스럽게 담배를 꺼버립니다.

지은   …혜주야.

혜주   응.

지은   너 선배랑 당분간 떨어져 지내.

혜주   난 편견 없어.

지은   애들은 안 그래.

혜주   내가 알아서 할게.

지은   엮여서 좋은 게 뭐가 있어.

혜주   (어이없다.) 네가 잘해주라며.

지은   김소희가….

혜주   (말 끊으며) 하루 종일 김소희, 김소희. 뭐 그렇게 사람 하나 바보 만드냐. 그만 좀 해.

지은   밴드 애들이 선배 말하는 거 너도 들었잖아.

혜주   내가 알아서 할게.

지은   너랑 상관있단 말이야.

혜주   무슨 말이야?

지은   너랑 김소희랑 사귄대.

혜주   뭐?

지은   혜진이도 학교에서 너 아니냐고 물어보고. 밴드 애들도 너랑 김소희랑 사귀는 거 같다고 그랬어.

나한테.

혜주   …너 그 소문, 뭐야? 언제부터?

지은   ….

혜주   언제부터 알고 있었냐고 묻잖아.

지은   김소희가 잘못한 거잖아. 조용히 졸업이나 할 것
이지. 왜 엄한 사람한테 피해를 줘?

혜주   오늘 나 진짜 바보 같았겠네? 토하고 술 마시는
내내 혼자서 아무것도 모르고…. 씨발… 내 뒤에
서 뒷담 까니까 재밌어?

지은   …너한텐 내가 그 정도밖에 안 돼?

혜주   그럼 말해봐. 애들이랑 뭐라고 떠들었는데.

지은   김혜진은 너희 둘이 붙어 다닐 때부터 알았대.

혜주   그리고.

지은   김재현은 밴드실 들어가기도 싫고 악보는 더러워
서 만지기도 싫대. 이선우는 너 아닌 척하는 거 불
쌍하다고…. 더 말해줘? 왜 김소희 때문에 우리가
싸워야 해? 난 아니라 그랬어. 근데 애들이 자꾸
물어보잖아.

혜주   친구인 거 아니까 물어봤겠지.

지은   그래, 친구잖아!

그때 전구가 꺼집니다.

어둠 속에서 혜주가 지은을 노려보고 있습니다.

지은이 혜주를 마주 봅니다.

어슴푸레한 빛이 두 사람을 비추고,

소희가 혜주 옆에 앉습니다.

혜주   미리 말해줄 수 있었잖아. 친구라며.

지은   난 기다렸단 말이야. 너랑 김소희랑 친한 거 아니
            까. 넌 맨날 꾹 참고 말을 안 하니까. 난 너 성격
            아니까 기다렸는데. 끝까지 넌 아무 말도 안 했잖
            아.

혜주   ….

지은   난 너 아니라 그랬어. 넌 그런 거 절대 아니라
            고…. 아니잖아, 혜주야.

소희   나 너 좋아해.

지은   너, 아니지?

소희   너도 나 좋아하잖아.

지은   아니잖아.

혜주가 욕조의 물을 틉니다.

물 쏟아지는 소리.

혜주가 지은의 명찰을 찾아 돌려주고 욕조에 도로 앉습니다.

지은은 명찰을 받고도 어찌할 바를 모르고.

혜주   너 두고 갔더라구. 가져가.

지은   …혜주야 무슨 말이든 해도 괜찮아.

혜주   나 엑소 좋아해. 방탄도 좋아하고. 너 알잖아. 나 아니야.

지은   …난 니가 맞다고 해도 상관없고, 아니어도 상관 없어.

혜주   지은아, 가! 제발!

지은   ….

혜주   진짜 미안한데 지금은 나 혼자 있고 싶어. 내가 왜 울지? 아니, 나 지금 너무 화가 나서 그래. 애들 때문에. 내가 왜 너한테 이러는지 모르겠는데. 내가 나중에 연락할게. 진짜… 부탁이야. 제발 가.

지은   ….

물 위로 쏟아지는 물.

1년 전.

가방을 멘 지은과 혜주가 욕실로 들어섭니다.

비에 쫄딱 젖은 두 사람.

지은이 쭈뼛거리며 욕실 입구에 멈춰 섭니다.

혜주　　물 떨어져. 빨리 들어와.

지은　　나 진짜 들어가도 돼?

혜주　　좀 있다가 비 그치면 가.

지은이 조심히 들어선다. 두 사람, 얼굴의 물을 훔쳐냅니다.

지은　　아까 갑자기 뒤에서 쳐서 놀랬어.

혜주　　너 혼자 비 쫄딱 맞고 있었잖아.

지은　　나 아는지 몰랐어. 우리 얘기해본 적 없잖아.

혜주　　그… 렇지? 학교는 어때?

지은　　적응 중이야. 전학생이니까.

혜주　　너 그거야? 대학 가려고 이사한?

지은　　우리 엄마가 좀 유난이야.

혜주　　괜찮아. 나도 그래.

혜주가 물로 발을 씻고 지은에게도 뿌려줍니다.

지은　　좋겠다. 혼자 살면 편하지?

혜주	편하긴 한데 어려워. 다 내가 해야 하니까.
지은	난 이 정도 방만 있어도 행복할 거 같아. 내 방은 방도 아니야. 엄마나 아빠나 하도 들락거려서.
혜주	진짜? 너무 싫다.
지은	그치. 맨날 그놈의 시디 또 샀냐구 그런다? 내 용돈인데. 완전 다른 건데.
혜주	시디? 누구?
지은	…사실은 나 여덕이야. 태연, 선미, 트와이스, 여자친구…. 아, 근데 나 막 그런 건 아니고. 진짜 그냥 여덕. 근데 그런 거 편견 없고. 취향 존중. 넌?
혜주	난 다 좋아하는데.
지은	요즘엔 레드벨벳 좋더라.
혜주	예쁘잖아—
지은	너도 좋아해?
혜주	춤 진짜 잘 추더라. 그게 어떻게 되지?
지은	그니까 걔네가 원래 춤이 좀 어려워. 근데 그걸 소화하는 게 대단하지 않니? 딱딱 맞춰서 추는데 에셈력 쩔고요— (포인트 춤을 춘다.)
혜주	꺄아아아!
지은	(뒤늦게 쑥스럽다.) 너무 갑작스런 덕밍아웃이었다….

혜주   너 번호 뭐야? 찍어줘.

지은   (찍어주며) 오, 뭐야? 강아지 귀엽다—

혜주   우리 집 망고다— 귀엽지?

지은   어, 나 망고치즈 좋아하는데.

어색한 사이.

어이가 없다가 나중엔 슬슬 터지는 웃음.

이내 팡, 하고 터져버립니다.

혜주   내일 같이 먹으러 갈래?

지은   콜!

혜주   그럼 난 딸기 먹을래.

지은   그럼 우리 나눠 먹자.

혜주   콜!

11장 길은 달라도 정류장은 하나

비로 촉촉한 바다. 저녁과 밤의 사이.

학교 앞 버스 정류장.

지은이 정류장 벤치에 앉아 있습니다.

소희 정류장으로 걸어가다 지은을 발견하고 멈칫.

돌아갈까 모른 척할까 고민합니다.

그러다…

성큼성큼 걸어가 지은의 옆에 앉아버립니다.

소희   몇 번 타?

지은   (깜짝 놀라며) 81번이요.

소희   난 81-1.

지은   아….

소희   난 학원 가는데. 너는?

지은   학원.

소희   난 영어.

지은   저도요….

어색한 사이.

소희   리스닝은 어떻게 올리냐?

지은   …영어 오디오북 들으면서 자요.

소희   뭐 듣는데.

지은   좋아하는 배우 거 찾아서….

소희   그럼 올라?

지은   재밌으니까….

소희   학원은 어디 다녀?

지은   제가 다니는 덴 좀… 비싸요.

소희   아….

어색한 사이.

소희   혜주는 잘 지내?

지은   저도 잘…. 또 잠수를 타서.

소희   아….

가로등이 깜박 깜박 깜박.

소희   (손으로 우산을 돌리며) 걔네 집 아직도 불 안 고쳤
             지?

지은   아마도?

소희   왜 그러냐, 진짜.

지은   밥은 챙겨 먹나 몰라요.

소희   맨날 청소만 해.

지은   아님 빨래하러 가요. 똑같은 거만 입으면서.

소희   맞아. 맨날 추리닝 아니면 교복!

지은   (동시에) 교복!

두 사람, 저도 모르게 웃다가

같이 웃었다는 사실에 더 어색해져 괜히 딴청.

우산을 털어서 묶고 버스가 언제 오나 목 빼고 기다렸다가

다시 나란히 섭니다.

지은   …혜주가 저한텐 연락 안 해도 선배한텐 했으면
         좋겠어요.

소희   (본다.)

지은   혜주가 혼자 살잖아요. (사이) 그게 자꾸 생각이
         나가지구….

소희   …보고 싶다.

지은   (본다.) …저도요.

소희   보고 싶어.

12장 경계에 서서

불이 들어오지 않는 어두운 욕실. 안개 같은 수증기.

교복 차림의 혜주가 욕조 안에 앉아 있습니다.

눈을 꾹 감고 숨을 꾹 참고 깊이 잠수하고 있습니다.

전화벨 소리.

손만 뻗어서

혜주 어. 엄마… 왜. 비? 많이 왔지. 빨래에서 냄새나. 어떡해? 보일러? 여름인데? 아… 삼십 분. 먹었지, 밥. 그럼 밥 먹지 뭐 먹어. 지은이네 아줌마가 반찬 주셔서. 당연히 씻어서 주지. 내가 바보야? 우리 망고 뭐해? 사진 보내줘. (웃는다.) 돼지 됐다고? 아빠보고 산책 좀 시키라 그래. (한참 듣다가) 나? 별일 없지. 뭔 일이 있어. 없다고요. 끊어. 알았어. 끊어. 끊어요.

웅크리고 있던 혜주가 천천히 일어납니다.

그리고 어둠 속 욕조에서 빠져나오다 걸려 부딪힙니다.

혜주   악! 씨발….

혜주 아픈 발을 부여잡고 끙끙 앓다가

결심한 듯 전구 쪽으로 다가갑니다.

미리 챙겨둔 고무장갑을 끼고

의자를 조명 밑에 고정시킨 뒤 올라섭니다.

흔들, 위태한 혜주.

지은이 얼른 의자를 잡아줍니다.

이번엔 소희가 새 전구를 건넵니다.

그리고 전구를 가는 동안

잘 보이도록 휴대폰 플래시를 비춰줍니다.

혜주가 손 뻗어 전구 알을 잡는데,

아무 일도 일어나지 않습니다.

약간 뜨거운 정도의 전구.

전구 알을 돌리기 시작합니다.

지은과 소희가 숨죽이고 지켜봅니다.

전구 알을 빼는 데 성공하고 새 전구로 갈기 시작합니다.

힘에 부쳐서 거친 숨소리.

하지만 포기하지 않습니다.

그리고 마침내

반짝,

불이 들어옵니다.

세 사람, 탄성.

혜주, 환하게 쏟아지는 빛 아래 서 있습니다.

혜주　　　아! 이제, 방학이다.

13장 그럼에도 불구하고

혜주가 소희를 끌고 욕실로 들어옵니다.

불 꺼진 욕실.

소희는 문가에 턱 멈춰서 버팁니다.

소희	할 이야기가 뭔데. 나 바빠.
혜주	꼭 보여주고 싶은 게 있어서 그래.
소희	나, 학원 가다 들른 거야.
혜주	학원?
소희	이제 수능이잖아. 하니까 성적도 오르고.
혜주	…유학은?
소희	그거는 아마도… 언젠가? 그래도 갈 거야. 무시하
	지 마라.
혜주	무시 안 해. 봐.

짠. 혜주가 불을 켜자 환해지는 욕실.

| 혜주 | 갈 수 있어. |
| 소희 | …밝네. |

혜주	…끝이야?
소희	…아빠가 해줬어?
혜주	…아니. 나 혼자.
소희	잘했네.
혜주	끝이야?
소희	되게… 잘 갈았다?
혜주	해보니까 생각보다 무섭진 않더라.
소희	그랬구나.

소희, 전구를 올려다보는데 혜주는 다가가지도 못하고
어색한 사이. 딱 그만큼의 거리.
혜주 더 이상은, 도저히, 숨 들이마시고

혜주	나 언니 좋아해.
소희	(본다.)
혜주	정말 좋아해.
소희	(얼굴을 가린다.)
혜주	…손잡아도 돼?
소희	너 진짜 밉다. 너….
혜주	….
소희	전에 내가 너 좋다고 했을 때 넌 내 손 뺐잖아. 그

래서 난 다시 못 물어봤잖아. 나 쌤한테 너 얘기 안 했어. 하고 싶었는데 안 했어.

혜주 언니. (사이) 나한테는 엄마도 있고, 아빠도 있고, 망고랑 지은이도 있어. (사이) 난 대학 갈 건데, 성적 떨어졌어. 그래서 엄마가 망고 사진 안 보내 줘…. 언니 나는, 나는 되게 비겁한 사람이야. 눈 꾹 감고 숨 꾹 참고 맨날 잠수 타고. (사이) 내가 레즈비언이라고 말하면 다른 사람들은 나를 안 보 잖아. 그게 내 전부가 아닌데. 근데 언니가 보고 싶어. 언니랑 밥 먹는 게 너무 좋았구, 언니가 걱 정되구, 너무 좋아해.

소희 (죽을 것 같다.)

혜주 정말 좋아해.

소희 (얼굴을 가리며) 너 진짜 짜증 나아…. 나 영어학원 가야 하는데.

혜주 좋아한다구―

소희 …나 안아도 돼?

혜주 (장난) 아니, 안 돼.

소희 (눈물이 터진다.) 으아아아….

혜주 (안는다.) 좋아해!

소희 (더 꽉 안으며) 내가 더!

혜주   좋아해! 좋아하고 있어!

소희   혜주야, 너무 더워.

소희가 혜주의 어깨에 얼굴을 묻습니다.

혜주 이번엔 빼지 않고 뿌듯한 마음으로.

어깨로 소희의 무게를 느끼며.

맴 맴 맴 맴 맴….

소희   아… 이제 마지막 여름방학이야.

혜주   걱정돼?

소희   (끄덕끄덕)

혜주   걱정하지 마. 우린 아직 젊고!

소희   오글거려….

혜주   감수성을 매도하는 단어라며.

소희   알았어. 우린 젊고!

혜주   이게 내 전부는 아니니까.

두 사람 키스하려는데 전구가 깜박입니다.

소희와 혜주 마주 봅니다. 매우 가까운 거리.

전구가 깜박여도 두 사람, 키스합니다.

두 사람, 멈춘 숨이 벅차오르고 터져버립니다.

전구가 점차 밝아지고 맴맴맴— 멀리서 들려오는 매미 소리.

지금은 뜨거운 햇볕이 내리쬐는 여름.

차가운 욕실을 가득 채우며, 막.

작 가 노 트

「좋아하고있어」를 희곡으로 만나게 된 여러분 모두 반갑습니다. 이 작품은 사랑의 감각과 자기 인정의 순간을 그리고 있습니다. 사랑을 통해 '나'를 발견하고, 그런 '나'는 상대방 혹은 사회와 어떻게 관계 맺을지 고민하게 됩니다. 그 과정은 때로 자신의 한계를 마주하게 합니다. 작가로서 세 친구 각각의 맹점을 그리면서 즐거웠고 아팠습니다. 그럼에도 포기하지 않는 원동력 또한 사랑임을 알게 됩니다.

이 이야기를 쓰면서 가장 놀란 점은 국내 청소년 창작극에서 동성애를 전면으로 다룬 작품이 극히 드물다는 것입니다. 그중에서도 여성 청소년의 동성애는 더 적습니다. 반면 퀴어 베이팅queer baiting, 브로맨스bromance가 일명 '팔리는 요소'로 작용하는 것을 생각하면 매우 이상한 일입니다. 그런 점에서 이 희곡이 국립극단에서 공연되었다는 점은 유의미합니다. 청소년의 LGBT는 계속 이야기되어야 합니다. 「좋아하고 있어」가 다루지 않은 혹은 못한 영역은 다른 작품에서 이야기 되겠지요.

지금껏 남자 청소년 중심의 이야기를 읽거나 보고 자라며 공감하는 데 별 어려움을 느끼지 못했습니다. 그 속에서 저는 자연스레 톰, 홀든, 해리포터, 스파이더맨이 되었으니까요. 결코 그들의 여자 친구나 엄마가 되진 않았습니다. 오히려 그들을 민폐라며 미워했던 때도 있었지요. 그런데 현실에선 민폐 여자 친구나 엄마 역을 맡아야 하는 여배우들이 존재합니다. 또 상상 속에서 남자 청소년이 된 저도 존재하지요. 그것은 결코 자연스러운 일이 아닙니다. 「좋아하고있어」로 여자 청소년이 가질 수 있는 이야기가 하나 더 생겼기를 바랍니다.

잠시 다른 길로 새서, 2017년 공연에서 항상 찡했던 장면이 있습니다. 혜주가 "아, 여름방학이다!"라고 외친 후에 새소년의 '긴 꿈'이란 음악과 함께 세 친구가 옷을 갈아입으며 각자의 이야기를 쏟아내는 전환 장면입니다. 이 장면은 대본엔 존재하지 않습니다. 연출, 음악, 연기가 존재하는 공연의 영역에서만 맛볼 수 있는 즐거운 경험이지요. 마찬가지로 공연엔 없거나 다른 대사와 지문이 텍스트를 읽는 즐거움이 되리라 생각합니다.

「좋아하고있어」라는 제목엔 띄어쓰기가 없습니다. 그럴듯한 이유를 대볼까요? 말하고 싶어 견딜 수 없을 때 한 호흡으로 단숨에 외쳤으면 합니다. 모두에게 사랑이 현재진행형이기를.

이 작품에 등장하지 않지만 분명히 존재하는 어른과 그들이 방치한 고통들은 독자의 몫으로 남깁니다.

「아는 사이」부터 「좋아하고있어」까지, 많은 도움을 준 선생님들, 친구들, 공연을 위해 함께 고민한 연출, 피디, 드라마트루기, 배우, 스태프 여러분 모두에게 감사합니다. 또 공연을 준비하는 과정에서 희곡을 함께 읽고 관심과 용기를 준 청소년 친구들, 고맙습니다.

말들의 집

박춘근

때	현재	
곳	경찰서, 옥상, 거실, 교실 등	
등장인물	서진	17세, 여고생
	진주	17세, 여고생
	경찰	20대 후반, 여자, 신입
	엄마	40대 중후반, 엄마 /
		진주 엄마 / 진 엄마 / 서진 엄마
	아빠	40대 중후반, 아빠 /
		진주 아빠 / 진 아빠 / 서진 아빠
	선생	30대 중반, 남자,
		서진과 진주의 고등학교 역사 교사

제안

배역에 관하여

엄마와 아빠 역을 맡은 배우는 다역을 겸한다.

배역의 나이와 배우의 나이가 반드시 일치할 필요는 없다.

배역이 가족 관계일지라도 배우의 인종, 출신 지역 등을 고려할 필요는 없다.

무대에 관하여

무대는 아레나 형식이며 사실적으로 재현하지 않는다.

관객석과 무대의 경계가 불분명한 열린 무대이다.

움직임이 간편한 의자와 탁자 들이 있다.

필요하다면 블랙박스, 사다리 등의 소도구를 활용할 수 있다.

기본 장소는 경찰서이지만 굳이 경찰서처럼 보일 필요는 없다.

특별한 무대 장치나 암전 없이 경찰서, 옥상, 거실, 교실 등으로 나뉘거나 전환된다.

경찰서를 중심으로 옥상, 거실, 교실 등의 장소가 동시에 무대에서 펼쳐진다.

연출에 따라 배우들이 직접 의자와 탁자 등을 이동할 수 있다.

연출에 따라 모든 배우는 첫 장면부터 등장하고 마지막 장면에 퇴장

할 수 있다. 그럴 경우 자신의 배역을 연기하지 않을 때에는 무대 주위에서 대기한다.

무대 주위에 배우들을 위한 의자 등을 배치한다. 관객석과 구분하지 않을 수 있다.

가능하다면 관객들에게 배우의 대기 장소, 의상 전환 등을 숨기지 않는다.

사실적인 무대를 구현하기보다 하나의 연극 놀이처럼 보이기를 원한다.

'말들의 집' 무대에 관하여

모양새가 반드시 집처럼 보일 필요는 없다. 상징적으로 구현한다.

배우들이 의자, 탁자, 블랙박스 같은 소도구를 이용해 직접 만들 수도 있다.

또한 9장에 나오는 말들의 집은 배우들의 신체를 활용할 수 있다.

1장 미수

옥상.

서진, 옥상 난간.

아래를 내려다본다. 옥상의 높이를 가늠하며 몸을 떤다.

한 손에는 『헨젤과 그레텔』(이하 동화책), 다른 손에는 휴대폰.

들고 있던 휴대폰을 한참 본다. 문자를 확인하는 듯.

주저하다 어딘가 전화하려 한다. 전화 연결음이 들린다.

갑자기 어둠 속에서 희미한 그림자들. 잘 보이지 않는다.

그림자는 엄마, 아빠, 선생.

서진, 그림자의 정체를 파악하지 못한다.

무섭다. 휴대폰을 닫고 주위를 둘러본다.

진주, 옥상 한쪽에 있다. 진주만의 놀이를 할 수도 있다.

위와 같은 움직임을 (진주의) 옥상 놀이라 부른다.

서진, 진주를 보고 놀라 한동안 본다.

진주, 서진의 상태와 상관없이 자신만의 옥상 놀이를 하며 장난치듯

진주　　우리가 진을 만들었잖아.

서진　　　　진? …무슨, 무슨 말이야!

진주, 서진을 보지 않고 옥상 놀이를 하다가

진주　　　　그런데 넌? 넌… 진을 죽이려 했네?
그림자들　　우리가 진을 만들었어. 네가 진을 죽였어.

사이렌 소리.

서진, 귀를 막는다. 동화책을 바닥에 떨어뜨린다.

서진　　　　내가 뭘… 내가 뭘! 죽이려 했다는 거야!

사이렌 소리, 멀리서 들리다가 점점 가까워진다.

암전.

경찰서.

서진, 탁자 앞에 앉아 있다.

탁자 위에 서진의 휴대폰, 동화책, 컵 등이 놓여 있다.

서진 쪽 탁자 건너편으로 노트북, 서류, 필기류 등이 있다.

사이렌 소리 멈춘다.

경찰, 휴대폰으로 통화하며 서류 뭉치 등을 들고 등장.

경찰   (휴대폰으로) 얼른 처리하고 넘어갈게요. 애가 말
    을 안 하는데 어떡해요? 또요? 그런 일만 시키실
    거예요? 말이 다르잖아요. 사건다운 사건 주신다
    고…, 어? 여보세요? 여보세요! 아, 또 자기 말만.

경찰, 자리에 앉는다.

둘은 전부터 비슷한 상태로 오랫동안 있었던 것처럼 보인다.

경찰, 아무 말 없는 서진을 답답하게 보며 한숨. 건성으로

경찰   그래서? 하늘이 가까워서 옥상에 올라갔다고? 학
    생, 나도 그 말 믿고 싶네요. 신고가 들어왔어요.
    학생은 그렇지 않다고 해도 그렇게 볼 수밖에 없
    는 상황이라는 게 있거든요. 도와주려는 거잖아
    요. 자, 이름. (서진, 대답 없는데) 입도 없고, 이름도
    없어요? 이건 뭐예요? 헨젤과 그레텔?

경찰, 탁자 위 동화책을 집으려 한다. 경찰의 동작은 어쩐지 능숙하
지 않다.

서진, 경찰이 잡지 못하도록 동화책을 움켜쥔다. 한동안 동화책을 물
끄러미 보다가

서진　　(겨우) 진주…, 이진주예요.

경찰　　진주? 예쁜 이름이네. 그럼 연락처를 알려줘야 도
　　　　와줄 사람을 찾을 텐데.

서진　　집에 가고 싶어요.

경찰　　보호자가 없으면 보내줄 수 없어요.

서진　　혼자 갈 수 있어요.

경찰　　진주가 괜찮아도 우리는 괜찮지 않아요. (답답하게
　　　　보더니) 잠깐 그런 기분이 들 수 있어요. 나한테까
　　　　지 말할 필요는 없지만 얘기를 해야 해요. 좋은 선
　　　　생님들 많아요.

서진　　(약간 짜증 내며) 아니에요. 아니라니까요. 제가 왜
　　　　여기 있어야 하는데요? 아, 진짜.

경찰　　(참으며) 그래요. 이렇게 하자니까. 믿을 만한 어른
　　　　연락처 하나만 알려줘요. 그러면 진주가 더 이상
　　　　여기 있을 필요도 없다니까요.

서진, 잠시 생각하더니 휴대폰을 꺼내 액정을 본다.
어떤 번호를 찾아 탁자 위에 놓인 서류 한쪽에 번호를 적는다.

경찰, 서류에 적힌 번호를 본다.

서진, 자신의 휴대폰을 탁자 위에 놓는다.

경찰　　누구? 엄마? (서진, 대답 없는데) 내가 하는 게 낫겠
　　　　　어요? 직접 하고 싶으면 그렇게 해요.

서진　　하세요.

경찰, 서진의 휴대폰을 본다. 서진이 적은 번호를 확인하며 자신의
휴대폰으로 전화를 건다.

전화 연결음이 들린다.

경찰, 상대편이 받기를 기다리며 서진을 물끄러미 본다.

서진　　왜 그렇게 보세요?

경찰　　내가? 어떻게 보는데요?

서진　　(불안해하며) 덜떨어진 미친년 하나가 말 좆나 안
　　　　　듣네, 하는 얼굴이잖아요. 그냥 확 떨어지지. 제대
　　　　　로 떨어지지도 못하면서 여기까지 와서 시간 낭비
　　　　　하냐는 거잖아요.

휴대폰 상대편이 전화를 받지 않는다.

(전화 연결음은 음성 메시지로 넘어갈 수도 있다.)

경찰, 휴대폰을 끊는다. 서진의 말에 다소 놀랐지만 침착한 척.

경찰   말 잘하네요. 기분 좋은 말은 아니지만. 그래요 말
        해봐요. 이송될 때, 그 말은 뭐예요? 뭘… 죽였어
        요?

서진   (말 끊으며) 그런 말 한 적 없어요!

서진, 경찰의 질문으로부터 뭔가 들킨 듯 안절부절. 혼란스럽다.
동화책을 품에 움켜쥐듯 안는다.
경찰, 서진을 예의 주시한다.

경찰   도와주려는 거잖아요.

서진   도와주기는? 말을 하면 뭐가 나아져요?

경찰   엄마, 전화 안 받으시네요.

서진   누가 엄마래요? (무시하듯 경찰을 보더니) 집에 갈
        래요. …사건다운 사건이나 처리하세요.

경찰   연락만 되면 바로 집에 갈 수 있어요.

서진   여기서 제일 막내죠?

경찰   직접 전화해볼래요? 이 번호는 누구죠?

서진   짜증 나죠? (사이) 아, 짜증 나.

경찰, 탁자 위에 놓인 서진의 휴대폰을 집는다.

경찰　　휴대폰 좀 볼까요?

서진, 자신의 휴대폰을 도로 뺏으려 하며

서진　　뭐 하는 거예요? 줘요!
경찰　　같은 말만 몇 번째예요? (서진 휴대폰을 보며) 진주
　　　　　　가 말을 안 하니까 휴대폰은 뭐라고 하는지 들어
　　　　　　보게요. 이름 하나 듣는 데만도 시간을 얼마나 낭
　　　　　　비했는지 알아요?
서진　　말하잖아요!

서진, 경찰 손에서 자신의 휴대폰을 도로 뺏는데

경찰　　(버럭) 이진주!
서진　　(어리둥절해서) 예?

서진, 누구를 부르는가 싶다. 이내 알아차리지만 멍하다.

경찰　　진주에게는 시간이 그렇게 많아요?

서진, 뭔가 후회하는 듯

서진   예…, 저요…. (사이) 시간, 있었을 텐데…, 많았을
텐데.

경찰, 서진의 행동이 어이없기도 하고 무슨 말인가 싶다.

경찰   압수 수색 할 수도 있어요.

경찰, 다시 뺏으려고 한다. 서로 옥신각신한다.
서진, 초조하게 우왕좌왕하다가 자신의 휴대폰을 물이 들어 있는 컵
에 빠뜨린다. 그러고는 자신이 무슨 짓을 했는지 어리둥절한 표정으
로 경찰을 본다.

경찰, 서진과 물에 빠진 휴대폰을 기가 차다는 듯 한동안 번갈아 본
다. 그러고는 서진의 휴대폰을 컵에서 꺼낸다. 탁자 위에 놓여 있던
서류들과 동화책을 집는다.
서진, 동화책을 뺏기지 않으려고 한다.

서진   안 돼요!

경찰, 동화책을 서진에게 뺏기지 않는다. 동화책과 서진의 휴대폰,
서류 등을 단단히 쥐고 서진을 본다. 한마디 하려다 한숨.
자신의 물건 등과 서진의 휴대폰, 동화책을 챙겨 퇴장.
서진, 후회하는 듯 자신의 머리를 움켜쥔다.

서진　　(자신을 다그치듯) 왜 또 그랬어? 왜?

서진, 천천히 차분해지더니 어딘가를 보며

서진　　넌 왜 그랬던 거야?

조명, 어두워진다.

2장 진주의 진술

조명, 다시 밝아진다. 시간이 흘렀다.
계속해서 경찰서.

서진, 탁자 주위에 불안하게 서 있지만 왠지 단호한 표정.

경찰, 동화책과 서진의 휴대폰, 자신의 물건 등을 들고 등장. 동화책
과 서진의 휴대폰을 탁자 위에 놓는다.
서진, 다시 뺏기지 않으려는 듯 동화책과 휴대폰을 재빠르게 집는다.
경찰, 서진의 행동을 본다. 어이없다.

경찰	이진주? (사이. 동화책을 가리키며) 그건 진주 책인 가요? 첫 장에 이름까지 써놨던데. (허탈하게 웃으 며) 계속 이러고 있을 거예요?
서진	나 때문이에요. 다 내가⋯.
경찰	(기다리다가) 뭐라고요?
서진	(골똘하더니) 더 나빠질 거예요. 애들이 알면 더 나 빠질 거라고요. 아무도 모르게 저 좀 보내주세요.
경찰	알아듣게 얘기해볼래요? (서진의 휴대폰을 가리키

　　　　　며) 인식도 잘 안 되던데 안 바꾸고 잘 쓰네요?

서진　　번호는 저희 학교 선생님이세요.

경찰　　번호가 진짜이긴 해요?

서진　　왜 안 받으시는지 몰라요. (사이) 애들은, 잘 알지
　　　　　도 못하면서, 그 선생님과….

경찰　　(기다리다가) 선생님 말고 부모님 연락처는? …있
　　　　　기는 해요? 요즘 애들 참….

서진, 경찰 말에 기분이 상한 듯. 동화책을 무심결에 펼친다.

경찰, 서진의 말을 기다리며 서진을 흥미롭다는 듯 본다.

서진　　엄마는….

서진, 동화책 첫 페이지에 적혀 있는 '이진주'라는 이름을 만져본다.

뭔가 작심한 듯 경찰을 똑바로 쳐다보며 다른 말투로

서진　　엄마는 깨어 있어도 자고 있는 것 같았어요.

무대는 경찰서와 진주의 거실로 나뉜다.

\# 진주의 거실

진주 엄마, 진주의 거실로 등장. 취했다.

진주 엄마　　진주야.

서진　　　　(계속 경찰에게) 술이 취해야 겨우 저를 불러요. 아

　　　　　　　빠가 어떤 여자와 집을 나간 이후부터….

서진, 진주의 거실과는 다른 곳의 무대 한쪽을 본다.

(3장의 옥상이 될 곳.)

마치 누가 있는 것처럼 쳐다보더니

서진　　　　…죽 그랬어요.

서진, 진주 엄마가 있는 진주의 거실 쪽을 본다.

진주 엄마　　진주야.

서진, 천천히 일어나 자신의 휴대폰을 들고 진주 엄마 쪽으로 간다.

경찰, 경찰서에서 서진이 앉아 있던 자리를 본다.

(이하 '서진의 빈자리')

마치 서진이 그 자리에 있는 것처럼 대한다.

(서진의 실제 무대 위에서 움직임은 경찰 눈에 보이지 않는다.)

진주 엄마, 진주의 거실에 앉아 있다.

(술을 마실 수도 있다.)

서진, 경찰과 진주 엄마와 동시에 대화를 나눈다.

(경찰에게 말할 때 반드시 경찰을 볼 필요는 없다.)

진주 엄마   (다정하게) 학교에서 전화 왔다. 엄마를 오라고 하
             던데? 무슨 일 있니?

서진   왜 안 자고 있어?

진주 엄마   우리 딸이 안 들어왔는데 어떻게 엄마가 자?

서진   (경찰에게) 자고 있는 날이 더 많았어요. 술에 취해
             있거나 잠을 잤으니까요. (진주 엄마에게) 아마, 진
             로 상담? 그런 거겠지.

진주 엄마   애들하고 싸웠니?

서진   애들도 아니고, 싸우기는.

서진, 자신의 휴대폰을 만지작거린다.

서진의 휴대폰으로 문자 등의 수신음이 간헐적으로 들린다.

서진, 휴대폰을 보는 둥 마는 둥. 표정이 어둡다.

진주 엄마   애들이 네 책상을 교실에서 빼놓기도 하고, 그러
　　　　　　니?

서진   (당황하며) 아니야. 그냥 장난.

진주 엄마   화장실 얘기는 뭐야? 무슨 일…, 있었던 거야? 진
　　　　　　주야, 엄마한테 다 얘기해봐.

서진   뭘 얘기해? 몰라. 나도 모르는 이야기를 어떻게
　　　　　해?

진주 엄마   선생님한테 전화 왔어.

서진, 휴대폰과 진주 엄마를 보며 어쩔 줄 몰라 한다.

서진   그거…, 생일, 있잖아. 누가 생일이면 애들끼리 이
　　　　　벤트, 그런 거야.

진주 엄마   (흥분하며) 누가 생일이라고 사람을 화장실에 가
　　　　　　둬!

서진   아니야, 그런 적 없어.

진주 엄마   물도 뒤집어씌웠다며!

진주 엄마, 흐느끼더니 서진의 몸을 살핀다.

진주 엄마	다치지는 않았어? 애들이 때렸어? 때렸지? 때린 거지. …왜? 왜 애들이 그러는 건데?
서진	아니야. (겨우) 엄마…, 그냥 애들끼리 하는 장난이야. 아무 일도 없었어. 아무 일도 아니야.
진주 엄마	엄마는 네가 학교에서 그런 줄도 모르고….

서진, 진주 엄마를 한동안 보더니 혼잣말처럼

서진	아이 씨, 아무것도 모르면 그냥 가만히 좀 있어. (휴대폰을 불안하게 보다가 경찰에게) 애들이 우리 반 모두 들어 있는 단체방을 만들어놓고 저를 초대해요. 퇴장하면 또 초대하고, 퇴장하면 또…. 듣고 싶지 않은 말들, 들으면 안 되는 말들, 안 봐도, 안 들어도 되는 걸. (사이) 모르는 애들은 그냥 몰라도 되는 소문.

서진, 골똘하다.
조명이 바뀐다.
진주 엄마, 혼자 흐느끼다가

진주 엄마	네가 아무 말을 안 해서, 아무 일도 없는 줄 알았

어. 미안…, 미안해.

서진   엄마가 왜 미안한데?

진주 엄마   다 미안해, 다. (사이. 뭔가 생각나서) 너 혹시, 그 선
생 때문이니? 선생 때문이지? 애들이 너한테 그러
는 거, 너하고 그 선생님…, 아니야, 아니지?

서진   엄마, 왜 그래?

진주 엄마, 갑자기 벌떡 일어나 버럭 소리를 지른다.

진주 엄마   쓰레기 같은 년! 못된 짓만 골라서…. 네가 무슨
짓을 했는지 알아?

서진, 놀라며 귀를 막는다.

서진   아니야, 그런 게 아니라고!

진주 엄마   너도 그년과 똑같은 년이야!

서진, 귀를 막은 채로 웅크리고 있다. 고개를 좌우로 젓는다.

서진의 움직임과 함께 진주의 거실 쪽 조명이 바뀐다.

서진, 귀를 막은 채로 경찰에게

서진   견딜 수 없었어요. 더 이상은…. 학교에서도, 집에
         서도. (사이) 엄마는 알면 안 돼요.

서진, 갑자기 뭔가 생각난 듯 놀라서 자신의 입을 막는다.
서진, 자신이 앉아 있던 경찰서 쪽의 자리를 돌아온다.
(이하 위의 자리를 '서진의 경찰서 자리'로 부른다.)
경찰, 서진을 본다.

서진   아니에요! 엄마, 많이 좋아졌어요. 술도 요즘은 거
         의 안 드세요.

경찰   (혼잣말) 애들은 하나도 안 변하는구나. 아니, 변했
         겠지. 더 나쁜 쪽으로.

경찰, 처음으로 서진을 안타깝게 보며

경찰   친구들이 많이 괴롭혔군요? (기다리다가) 엄마 문
         제도 간과할 수만은 없네요. 근데, 소문은 뭐라고
         요?

서진, 진주의 거실에 있는 진주 엄마를 보다가

서진　　　날 좀 가만히 놔둬.

서진과 진주 엄마 서로 보고 있는데

서진　　　(진주 엄마를 본 상태로 경찰에게) 거짓말이에요. 우
　　　　　　리 엄마, 그렇지 않아요.

경찰　　　그것만 거짓말이에요?

서진　　　예? (생각하더니) 아니라고요. 애들도 좋아졌어요.
　　　　　　저한테 흥미를 잃었거든요. 그냥 누가 좀 생각나
　　　　　　서 올라갔던 거지, 그런 게 아니에요. 애들이 저
　　　　　　여기 있었던 거 알면 예전으로 돌아갈 거예요. 엄
　　　　　　마도 모르게 해주세요. 그냥 없던 일로 해주시면
　　　　　　안 돼요?

경찰　　　이진주.

서진　　　예….

경찰, 서진을 흥미롭다는 듯이 본다.

서진　　　제발 그냥 좀 보내주세요. 다시는 이런 일 없을 거
　　　　　　예요.

경찰　　　나도 보내주고 싶군요.

서진   그런데 왜요? 왜 안 되는데요?

경찰   학생이 정말 이진주, 라면 보내주겠어요. (버럭) 학
        생! 너, 누구야?

3장 그녀들의 옥상: 어른들

옥상.

서진과 진주, 서로 등을 마주 대고 앉아 있다.

서진, 관객석을 향해 앉아 있다. 손에 빵을 들었다.

(관객에게는 진주의 얼굴이 보이지 않을 수도 있다.)

아빠, 무대 한쪽에서 동화책을 읽는다.

(지나친 구연은 피한다. 무대 한쪽에 동화책 읽는 자리를 지정할 수도 있다.

등장인물들은 아빠의 동화책 읽는 소리를 듣지 못한다. 이하 계속.)

아빠   아이들은 마을 바깥에 살고 있었어요. 아이들 아
빠는 가난한 나무꾼이었지요. 엄마는 일찍 죽어
아빠 혼자 아이들을 키워야 했습니다. 하지만 아
빠는 숲속에서 나무를 하느라 아이들 돌볼 틈이
없었지요.

진주   (서진에게) 말을 거의 안 해. 넌 엄마하고 얘기해?
나한테 말을 걸 때는 아마 취했을 때 정도? 아빠

하고 사이가 안 좋았거든.

(서진의 대사는 진주를 향한 대사와 관객을 향한 대사로 나뉜다. 관객을 향한
서진의 대사는 2장에서 경찰에게 한 말과 동일하며 같은 말투이다.)

서진   (관객을 보며) 엄마는 깨어 있어도 자고 있는 것 같
았어요.

진주, 다음의 아빠 대사 동안 옥상 한쪽으로 간다. 발걸음이 무겁지
않다. 오히려 기분이 좋아 보인다.
(진주만의 옥상 놀이가 있을 수 있다.)

진주, 의자와 탁자 들로 말들의 집을 만든다. 말들의 집은 작고 초라
하다.
(아빠의 대사는 진주가 말들의 집을 만드는 움직임과 주로 겹칠 수 있다.)

아빠   어느 날, 아빠가 새엄마를 데려왔습니다. 그런데
새엄마는 아이들을 좋아하지 않았죠. 아빠 몰래
내쫓으려 했습니다. 새엄마는 땔감을 찾자며 아이
들을 숲으로 데려갔습니다.

진주	(별일 아니라는 듯) 언제부터 안 좋았는지는 기억 안 나. 아빠가 어떤 여자와…
진주/서진	집을 나간 이후부터…
서진	(관객을 보며) 죽 그랬어요.

서진, 앉아 있는 채로 몸을 돌려 진주의 움직임을 본다. 진주에 비해 쓸쓸하다.

진주	자주 마시지는 않아. 한 달에 한두 번? 근데 마시면 집에서 혼자 마시니까, 난 그게 싫어.

진주, 말들의 집을 만들거나 다듬는데

아빠	아이들은 이상한 낌새를 느꼈습니다. 새엄마를 쫓아가며 빵가루를 길에 떨어뜨려뒀습니다.

진주	엄마 아빠 이유는 몰라. 모르는 건 그냥 상상해서 글로 써. 그럼 좀 견딜 만해.

서진, 진주가 말들의 집을 만드는 모습을 보며 천천히 일어난다.
진주, 계속해서 말들의 집을 만들거나 다듬는데

아빠   새엄마는 아이들을 아주 깊은 숲속으로 데려갔어
요.

서진, 진주에게 다가간다. 발걸음이 무겁지 않다. 오히려 기분이 좋
아 보인다.
서진과 진주, 같은 시간의 같은 옥상에 있다.

서진, 진주가 만든 말들의 집을 본다.
(진주만의 옥상 놀이를 계속할 수도 있다.)

진주   (장난치듯) 아무한테도 이런 얘기 한 적 없는데. 에
이 씨, 좀 이상하다. 몰라. 이거 다 너 때문이야. 왜
자꾸 물어보는 거야?

서진   내가? 물어봤다고? 뭔 개소리야? 자기 혼자 다 지
껄여놓고. 야, 난 억울하다.

진주   어? 그럼 나 때문이야? 억울한 년은 나야.

서진   꼭 누구 때문이어야겠냐? 억울한 년, 빵이나 처드
셔.

서진, 진주에게 들고 있던 빵을 나눠준다.

진주   이런 불량한 취향하고는.

서진   그러니까 딱 우리 취향이지.

서진과 진주, 빵을 나눠 먹으며

진주   우리 엄마는 자꾸 나한테 미안하다고 해.

서진   우리 엄마는, 내가 엄마한테 미안해야 한다고 하
         는데. (사이) 우리 왜 이렇게 불량품 같냐?

진주   네가? (우물쭈물 서진 흉내 내며) …뭔 개소리야?

서진   어? 이거 봐라.

서로 깔깔댄다. 하늘을 보며 웃는데

아빠   아이들은 새엄마가 땔감 줍는 동안 남은 빵을 아
         껴 먹었어요. 그러다가 그만 잠이 들었습니다.

진주   애들이, 너 졸업하면 미국으로 유학 갈 거라던데?

서진   애들이? 내가?

진주   네 교수 아빠 나온 대학으로 갈 거라고.

서진   어떻게들 그렇게 구체적이실까?

진주   참, 네 엄마 소설가라며?

서진, 뭔가 말하려다가 진주가 만든 말들의 집을 물끄러미 보며

서진   나도 모르는 나를, 나보다 어쩜 그렇게 잘 아시는
              지.

진주, 서진의 말이 무슨 뜻인가 생각한다.
서진, 옥상 주변에 있던 작은 소품을 하나를 주워 진주가 만든 말들
의 집 위에 놓는다.
(소품은 작은 박스 같은 모양일 수 있다.)
진주, 웃으며 서진의 움직임을 본다.

진주   여기 옥상은 다들 잘 모르는데…. 나만 좋아하는
              줄 알았어. 난 괜히 좁고 답답한 데가 무섭더라.
서진   (장난으로) 관 같은 거?
진주   어우 야!

진주, 먹고 있던 빵을 서진이 없어놓은 소품 근처에 놓는다.
점차로 말들의 집 쪽에서 멀어지며

진주   알아? 하늘이 무지 가깝다. 이렇게 높은 데 있으니
까….

조명, 서진과 말들의 집만 비춘다.
무대 한쪽의 아빠 자리는 보인다. 진주는 보이지 않는다.
서진, 진주가 만든 말들의 집에 먹고 있던 빵을 얹어놓는다.

서진   지겹다….

아빠   밤이 되었습니다. 새엄마는 사라졌습니다. 아이들
을 숲에 버려놓고 혼자만 집에 돌아갔지요.

서진   지루해….

4장 진의 일기

경찰서.

서진과 경찰.

서진, 고개를 숙인 채 의자에 앉아 있다.

경찰, 노트북을 응시하다가 서진을 본다. 경찰의 휴대폰이 울린다.

휴대폰 액정을 확인하고는 마뜩찮다. 전화를 받으며

경찰　　　네, 맞아요. 이진주. 앞에 있죠. (당황하며) 예? 왜

　　　　　요? (서진의 눈치를 보며 작고 급하게) 왜 이게 사건

　　　　　이 아니에요? 단순? 뭐요? 보고드린 거…, 예, 그

　　　　　페이스북 같은 거요. 애들 장난이라니요. 애들은

　　　　　장난으로 죽기도, 살기도 한다고요! 게다가 아까

　　　　　이송 중에…, 여보세요! 뭐야? 야! 이 씨…. 또 자

　　　　　기 맘대로? (참으며) 그래, 네 마음대로 되는지 보

　　　　　자.

경찰, 침착한 척. 휴대폰으로 서둘러 다른 곳에 전화한다.

경찰　　선배, 멀었어요? 물에 잠깐 빠졌다고 복구가 그렇게 안 돼요? 아무리 구형이라도…, 예? 전원 켰다고 그렇게 될 줄 몰랐다니까요. 하나는 건졌잖아요. 아이, 그럼요. 선배 아니면 이런 SNS를 누가 찾아내요? 고맙죠. 그래서, 이렇게 싹싹…, 헤헤. (휴대폰 끊고는) 씨발.

경찰, 노트북만을 응시한다. 좀 민망하다.
서진, 자신의 휴대폰 배터리를 분리해서 본다. 뭔가 빠져 있는 것을 확인하고는 어이없다.

경찰　　이진주…. 네가 오늘 나를 제대로 여기 막내, 아니 아주 바보로 만들었네. (사이) 말 좀 편하게 해도 될까? (서진, 대답 없는데) 이미 죽은 친구를 귀가 조치 하겠다고 이렇게 붙잡고 있었으니.

서진, 움찔한다.

경찰　　고등학교 2학년. 살아 있다면 3학년. 오늘이 생일이구나. 가족 관계는 어머니뿐. 우리가 너를 발견한 곳에서 작년 가을 투신. 기록을 보니까….

경찰, 진주의 서류 등을 보다가 놀란다. 서류 내용이 끔찍한 듯 차마
보지 못하고 괴로운 한숨.

경찰　　이진주. 아니, 이진주가 아닌 이진주. 우리가 인터
　　　　넷에서 좀 이상한 걸 발견했어. (서진에게 노트북을
　　　　보여주며) 네가 진주라면, 이거 네가 올린 거니?

서진, 경찰의 노트북을 응시하다가 깜짝 놀라 입을 막는다.
경찰, 서진의 반응을 주시하는데

서진　　이게…, 이게 뭐예요?
경찰　　너도 몰랐던 모양이네? 그랬겠지. 오늘까지 이런
　　　　게 있는 줄 아무도 몰랐던 것 같으니까. 죽은 진주
　　　　말고는…. 무슨 온라인 일기 같은데, 오픈 날짜가
　　　　작년 오늘. 그리고 이진주 죽기 하루 전이 마지막
　　　　업데이트.
서진　　어디 있던 거예요?
경찰　　너도 너무 이상하지? 왜 진주는 자기 프로필 사진
　　　　에 네 사진을 올려놨을까?
서진　　내가…, 올린 게 아니에요. 난 몰라요.

경찰   그럴지도 모르지. 근데 단서는 네 손안에 있었네?
네 휴대폰을 조사하지 않았으면 이게 이진주 계정
인지도 몰랐을 테니까. (사이) 네 휴대폰이 너보다
더 많은 말을 한다니까.

경찰, 서진을 안쓰럽게 본다.

경찰   네가, 오늘 그 옥상에 있지 않았다면, 너를 이진주
라고 하지 않았다면, 또 네가 뭘 죽였다니…. 아니
다, 됐다. (한숨) 이진주 조서도, 이런 일기 같은 것
도 뒤지지 않았을 거고, 나도 죽은 사람 사칭하는
고딩 말에 휘둘렸다고 깨지지도 않았겠지. 난 네
일이 단순 자살 미수라고 생각하지 않아.

서진, 경찰의 노트북을 보며 혼란스러워진다.
노트북을 만지려고 하는데 경찰이 제지하자

서진   왜… 이런 걸…. (사이) 이 프로필, 내가 아니에요.
경찰   그럼 누굴까? (기다리다가) 네가 뭐가 아닌지 알기
전에 누군지부터 알아야겠는데?
서진   (주저하다가 노트북을 가리키며) 좀 봐도 될까요?

경찰   진은 누구니?

서진, 놀라지만 경찰에게 들키지 않으려 한다. 경찰 눈을 마주치지
못하고 불안하다.
경찰, 그런 서진을 보다가

경찰   진주의 온라인 아이디? (노트북 가리키며) 여기서
           진주는 자기를 진이라고 하던데?

서진, 동화책을 가슴에 안은 채로 일어선다. 안절부절못한다.

서진   진…, 제가 진이에요.

경찰, 답답하다. 그러나 위압적이지는 않다.

경찰   진주야. (혼란스러운데) 아니…. 그래, 진주야, 일단
           앉아. 네가 진이라면, 진이라 치자. 그럼, 여기에
           써놓은 것들은 뭘까?

경찰, 서진에게 노트북을 보여준다.
서진, 노트북을 보는데 무대 밖에서 갑자기

진의 아빠　　(목소리만) 우리 딸, 진!

서진, 경찰서 쪽에서 진의 아빠 소리에 놀라며 소리 쪽을 본다.

무대는 경찰서와 진의 거실로 나뉜다.

서진, 경찰서와 진의 거실 경계쯤으로 천천히 다가간다. 다가가기 두렵다.

한편 경찰, 서진의 빈자리(서진)를 향해 노트북을 보여준다.
(마치 옆에 있는 서진이 있는 것처럼 대한다.)

진의 거실
진주와 진의 아빠, 진의 거실로 등장한다. 매우 기쁜 표정.
진의 아빠, 어떤 서류를 들고 있다.

경찰, 노트북을 살펴보다가 서진의 빈자리(서진)를 물끄러미 보며 혼잣말로

경찰　　　진주…, 진…. (사이) 대체 너희는 누구니?

\# 진의 온라인 일기

진주와 진의 아빠, 진의 거실에서 같이 서류를 보며 기뻐한다.

다음의 대사가 진행되는 동안 경찰, 노트북을 본다.

진의 온라인 일기가 진행되는 동안 서진과 경찰의 움직임은 2장처럼 어긋난다.

경찰, 경찰서에서 서진과 함께 있는 것처럼 행동한다.

서진, 두 공간의 경계에서 양쪽에 반응한다. 이하 계속.

서진, 다음의 온라인 일기가 진행되는 동안 놀라거나 당황하는 등 다양하게 반응한다. 혼란스럽지만 새로운 사실을 알아가는 것 같다.

서진의 행동은 가능한 한 점층적으로 진행된다.

진의 아빠   진! 이제 대학생이네? 축하한다. 우리 예비 대학생, 한번 안아볼까?

진주와 진의 아빠, 서로 안는다.

진의 엄마, 거실로 등장. 기쁜 표정.

진의 엄마   우리 딸, 진! 축하해. 수고했어. 여보, 오늘 같은 날을 그냥 지나갈 순 없잖아? 파티라도 해야지.

진의 아빠 두 사람 축하를 한꺼번에? 좀 아깝지 않아?

진의 엄마 난 됐고, 진이.

진주 엄마는…. 되긴 뭐가 돼요?

진의 엄마 넌 이제 시작이니까. 축하는 시작하는 사람에게.
난 처음도 아니고, 뭐.

진주 나? 아직 시작도 안 했는데?

진의 아빠 네 엄마, 은근 자기 자랑인 것 같지?

진의 엄마와 진의 아빠, 서로를 보며 환하게 웃는다.

진의 엄마 내가? 이제 내 자랑은 우리 딸인데? 당신, 아는
기자들 좀 없어? 우리끼리 이러고 끝내? 하버드,
MIT 동시에 어드미션admission, 그것도 전액 장학생
으로!

진의 아빠 우리 집에서 이름 시끄러운 사람은 한 명 정도로
하자.

진의 엄마 그 이름, 이제 우리 이름이 아닐걸?

진의 아빠 오늘, 우리 과 학생들이 당신 상 받은 책 사인 받
아달라고 줄을 서던데?

진의 엄마 (놀리듯) 왜? 당신 책은 거들떠보지도 않으면서?

소설책 장사 그런 거 몰라? 작가가 어디 작은 상 이라도 받는다니까, 그때 바짝 마케팅하는 거라 고. (진주에게) 그래서? 이름 시끄러우신 학과장님 아빠, 서운하셨나 보다.

진의 아빠   어렸을 때부터 너무 이름 알려지고 그러는 게 안 좋다는 거야.

진주   나도 아빠 말에 동의.

진의 아빠   자연스럽게. 조용조용. 우리끼리만 자랑하자.

진의 엄마   동의를 안 해서가 아니라, 오늘은 조용히 보낼 수 없다, 그런 뜻. (진주에게) 그럼 우리끼리, 아빠 한 번 크게 뜯어먹어볼까?

진의 엄마, 진주에게 다가가 진주를 안는다. 자랑스럽다.

진의 엄마   우리 딸, 이제 멋진 남친만 생기면 되겠는걸?

경찰, 서진의 빈자리(서진)를 향해,
마치 서진이 자신 옆에 있는 것처럼 대하며

경찰   근데 이 일기에서 가장 많이 나오는 사람이 누군 지 아니?

서진, 여전히 경계에서 혼잣말처럼

서진   진…, 하버드, 전액 장학생….

경찰, 노트북 화면의 페이지를 넘기기 위해 클릭한다.
진의 거실 쪽이 어두워진다.
진주, 진의 엄마, 진의 아빠 퇴장.

경찰   엄마 아빠가 아니야. 이걸 너인지 진주인지, 아니
              진이 썼든, 우리는 (한숨) 적어도 난 지나칠 수 없
              어.
서진   (겨우) 이게 진이야?
경찰   네가 진이라며?
서진   제가 진…, 진이었어요.

서진, 몸을 돌려 경찰을 본다. 불안하다.
경찰, 서진의 빈자리(서진)를 보는데
서진, 경찰과 진의 거실 쪽을 번갈아 보며 혼란스럽다.

서진   제가 진이었는데.

경찰　　　거짓말도 자꾸 하다 보면 너도 속겠지.

경찰, 노트북의 다른 페이지를 넘기기 위해 클릭하며

경찰　　　네가 적셔놓은 데이터들도 금방 살려낼 거야.

경찰, 서진의 빈자리(서진)를 향해 노트북을 보여준다.

무대는 경찰서와 진의 교실로 나뉜다.

\# 진의 교실

진주, 진의 교실로 등장한다.

책상 끝에 엉덩이만 걸친 채 다리를 앞뒤로 까딱거린다.

서진, 경계에서 진의 교실과 진주를 보고 매우 놀란다.

진의 교실로 다가가기 두렵다.

경찰　　　서진이라는 친구, 그리고 이니셜로 'P'라는 역사

　　　　　선생님? 아는 사람들이니?

서진, 진의 교실을 본다.

\# 진의 온라인 일기

선생, 진의 교실로 들어온다.

서진, 선생을 보자 고개를 떨군다.

고개를 좌우로 젓는 등 뭔가를 부정하는 것 같다.

서진, 다음의 온라인 일기가 진행되는 동안 차마 제대로 못 본다.

선생, 진의 교실에서 창밖을 본다.

진주가 근처에 있는 걸 알지만 모른 척하고 있다.

진주, 선생을 힐끔거리다가

진주	선생님. (키득대더니) 선생님. (대답 없는데) 서진이 상담하고 오셨죠? 서진이 때문에 그러세요? (여전히 대답 없는데) 선생님, 저도 알아요. 걔 불쌍한 거.
선생	불쌍해서 그러는 거 아니야.
진주	걔네 엄마, 알코올 중독자라면서요?

서진, 경계에서 입을 막으며 경찰을 본다. 뭔가 들킨 듯

| 선생 | 그런 얘기는 어디서 들었니? |

진주　애들끼리 그런 얘기가 더 빠른 거 모르시죠? 모르
　　　　는 게…. (장난치는데)

서진　(겨우) 더 어려워.

진주　더 어려울걸요?

진주, 선생 쪽으로 다가간다.

진주　혹시 우리 얘기도 그럴 것 같아 그러세요?

진주, 선생 어깨를 살짝 만진다.
선생, 진주를 돌아보며 웃는다.

서진, 경계에서 진의 교실과 경찰서를 번갈아 보며 어쩔 줄 몰라서

서진　정말 이렇게 생각한 거야? 아니지?

서진, 손으로 얼굴을 감싼다. 보고 싶지 않다.
경찰, 서진의 빈자리(서진)를 향해,
마치 서진이 자기 옆에 있는 것처럼 대하며

경찰   왜? 왜 그래?

서진, 두 공간의 경계에서 불안하다. 여전히 손으로 얼굴을 감싸고
있을 수도 있다.
경찰, 서진의 빈자리(서진)를 주시하며 노트북을 확인한다.

진주와 선생, 진의 교실에서. 이하 계속.

진주   선생님, 저는 선생님을 가까이에서 못 보는 것보
         다 선생님이 서진이랑 있는 걸 더 못 참겠어요. 왜
         그럴까요?
선생   넌 가진 게 많아. 가지게 될 것도 많고.
진주   제가 진짜 원하는 건 원할수록 멀어지는 것 같아
         요.
선생   좀 기다려야 하는 것들도 있지 않을까?
진주   기다릴게요. 아니, 기다려줘요.
선생   글쎄…, 네가 나를 안 기다릴 것 같은데.

선생, 진주의 뒤로 가서 진주의 어깨를 잡는다.
진주와 선생, 같이 먼 곳을 본다.

서진, 그들을 차마 보지 못한 채

서진   너 대체 뭘… 쓴 거야?

선생   이제 넌 멀리 공부하러 갈 거고, 나 같은 건 쉽게 잊어버리게 될걸.

진주   사람들 안 보는 곳으로 더 멀리 가고 싶어요. 선생님과 같이…. 저는 사람들이 선생님과 저를 어떻게 생각하는지 신경 안 써요. 하지만 선생님이 서진이랑 이상한 소문의 주인공이 되는 건 신경 안 쓸 수가 없어요. 생각을 안 하려고 해도 자꾸 생각이 나요. 모르시죠? 애들이 이런 얘기를 얼마나 좋아하는지. 진짜든 거짓말이든 누군가는 시작하니까요.

진주, 몸을 돌려 선생과 마주한다. 선생의 양팔을 잡고 눈을 보며

진주   저는, 선생님이 처음이라 좋았는데.

서진, 자신이 본 것을 부정하듯 겨우

서진   아니야….

경찰, 서진의 말을 듣고 서진의 빈자리(서진)를 향해

경찰   진주야!

서진   (동시에, 진주를 향해) 진주야!

경찰, 서진의 다음 대사 동안 노트북에서 시선을 떼고 경계에 있는 서진을 본다.

서진   (겨우 참으며) 그때는 나한테 화나서, 말하기 싫어서 그런 줄 알았어…. 근데, 왜 이런 걸 쓴 거야? (쏟아내듯) 왜 이렇게 쓴 거야?

경찰, 서진이 안타깝다. 한편으로는 의심스럽다.

5장 그녀들의 옥상: 다른 나

옥상.
진주와 서진.

진주, 동화책을 들고 산책하듯 거닌다.
(옥상 놀이를 할 수도 있다.)
서진, 진주를 보고 있다.

옥상 한쪽에는 진주가 만들어놓은 초라한 말들의 집이 있다.

아빠, 무대 한쪽에서 동화책을 읽는다.

아빠　　아이들은 무서웠어요.

서진　　애들이 그래? 내가 미국 유학 갈 거라고?

진주　　너희 부모님 얘기도 그렇고. 모두들 얼마나 부러워하는데.

서진　　엄마, 아빠? 아이 씨. 마음대로 떠들라고들 해. 난 아무 말 안 했는데 지들끼리.

진주	왜? 아니야?
서진	몰라. 아빠 유학할 때 미국에서 태어나서 독수리 여권 있는 정도?
진주	거봐.
서진	여권으로 유학 가나? 우리 집 돈도 없어. 그럴 돈 있으면 가슴 수술이나 해주면 좋겠다.

서진, 말해놓고 민망하다.
서진과 진주, 자신의 가슴과 상대방 가슴을 힐끗 보더니 실소를 터뜨린다.

진주	나는 코.
서진	눈은 아니고?
진주	뭐? 왜, 왜? 내 눈이 어때서?

서진과 진주, 서로를 향해 장난치며 웃는다.

서진	야, 솔직히 너도 어떤 각에서는 네가 졸라 예뻐 보이지?
진주	어? 말하는 거 봐라. (놀리듯) 어우, 싸 보여.
서진	이게 씨, 우리끼리 '졸라'가 어때서? '좆나'는 욕이

지만 '졸라'는… 뭐랄까? 베리 머치very much의 순
우리말?

진주   너를 위해 말 만드는 게임 같은 게 있어야 하는데.

서진   아니야? (장난치듯) 너도 네가 졸라 예뻐 보인다고
얼른 이 언니에게 고백해.

진주   대부분은 내 자신이 내 마음에, 졸라 안 든다.

서진   이거 봐. 가끔은 마음에 든다는 소리? 언제 마음에
드는데? (불쑥) 그 쌤이 너 좋아해줄 때? 너도 그
쌤 좋아하잖아.

진주   뭐?

서진과 진주, 서로 아웅다웅 깔깔거리며 장난치는데

아빠   아이들은 길 위에 떨어진 빵가루를 따라가려 했습
니다.

서진   소문내줄까?

진주   죽는다.

서진   야, 애들끼리 그런 얘기가 더 빠른 거 몰라? 모르
는 게 더 어려울걸? 너, 그 쌤 수업 때 되게 '여자
여자'인 거 알아?

진주   나, 여자야!

서진   어이구, 그러셨어요? (놀리듯) 수업 중에도 너만
        보시는 것 같던데?

진주   거짓말.

서진   왜? 거짓말도 자꾸 하다 보면 진짜가 될걸?

진주   (여전히 장난치듯) 야, 너 좀 무섭다.

서진   어쭈, 너 아직도 내가 이서진으로 보이니?

진주   어우, 저리 가. 애들처럼.

서진   어쩌냐, 나도 내가 무섭다.

서진과 진주, 까르르 웃는다.

아빠   그런데 빵가루는 새들이 먹어버려 별로 남지 않았
        어요. 아이들은 어두운 숲에서 길을 잃고 헤맸습
        니다.

서진   8시 등교, 학원 11시까지. 주말에는 보충. 매일매
        일은 똑같은데, 매일매일 나빠지는 것 같아. 나, 지
        난주에 결석한 날 있잖아.

진주   아팠다며?

서진   아팠지. 아프긴 한데, 어디가 아픈지 모르는 게…,

그것이 문제랄까? 땡땡이쳤다. 학교 오다 그냥. 근
데 정말 이상한 건….

서진, 멍하니 하늘을 보다가 진주를 물끄러미 바라본다.

아빠 아이들은 어쩌다 이 길로 왔는지, 어디로 가야 할
지 몰랐습니다. 점점 더 무서워졌어요.

서진 되게 신날 줄 알았는데, 막상 할 게 없어지니까,
에이 씨발, 진짜 뭘 할지 모르겠더라. 뭘 하려니까,
뭘 할 줄 모르겠는 거야. 그게… 그냥, (사이) 좆나
무섭더라. (웃으며) 우리가 어쩌다 여기까지 왔을
까?

진주 말 좀 예쁘게 하시지?

서진 몰라! 그냥 무서운 건 아니야.

진주, 가지고 있던 동화책을 서진에게 건넨다.

진주 너 가져.

서진 뭐야? 오오, 이건 네가 제일 아끼는 책. 대박. 진짜
나 준다고?

진주   마음 바뀌기 전에 빨리 받아라.

서진   (동화책을 뒤적거리더니) 어? 여기 네 이름도 써 있
         는데? 야, 이거 아빠가 어렸을 때 읽어주던 책이라
         며?

진주   새로운 이야기가 생겼거든.

서진   뭐?

진주   (동화책을 가리키며) 안 그래도 내가 책을 읽는지
         책이 나를 읽는지 모르겠다. (가볍게) 지겨워. 지루
         해. 새 얘기가 훨씬 재미있을 것 같아.

서진   뭔 소리인지….

진주   그래서 너 주는 거야. 네가 나한테 꿈을 줬으니까,
         뭐, 일종의 답례랄까?

서진   내가? 야, 이야기는 뭐고 꿈은 또 뭐야?

진주   네 엄마처럼 소설가가 될 거야. 이야기 만드는 사
         람.

서진   소설가는 무슨….

진주   뭐야? 안 될 것 같아? 기껏 생각해줬더니. 야, 내
         놔.

서진   아니, 네가 쓰는 건 재미있어. 너 말고…, (눈치 보
         더니) 우리 엄마…. (사이) 고마워.

진주   (밝게) 그렇지? 이 언니가 좀 감동적인 데가 있다

니까.

서진, 한동안 동화책을 보는데

아빠   길은 더 이상 보이지 않았어요. 아이들은 캄캄한
숲속에 버려지고 말았습니다.

서진   진짜 부러운 건 내가 아니라 너다. 하고 싶은 것도
있고…. 네 이름 쓰인 책이 내 거라니까, 차라리
내가 너라면 좋겠다.

진주   뭐? 치이…. 난 네 얼굴이 좋은데.

서진   웃기네. (한숨) 난 뭐가 되려고…, 뭐가 되고 싶은
거냐?

서진, 하늘을 본다.
진주, 서진을 따라 하늘을 본다. 하늘을 향해 손을 뻗어본다.

진주   손만 뻗으면 하늘이 닿을 것 같아.

서진   (말을 이어) 이렇게 높은 데 있으니까….

서진, 진주를 따라 하늘을 향해 손을 뻗어본다.

하늘을 보기도 하고 자신의 손등을 보기도 한다.

햇살에 눈을 찌푸리기도 한다.

서진　　　지금의 나는 내가 아닌 것 같애.

6장 부모의 진술

경찰서.

서진, 혼자 손을 뻗어 자신의 손등을 보고 있다. 조명에 눈을 찌푸리기도 한다.

서진   (혼잣말) 그때부터였지? (진주 흉내를 내며) 네가 나
       한테 꿈을 줬으니까…. (사이) 꿈…, 이야기….

서진 엄마와 서진 아빠, 다급하게 등장.
서진, 부모를 보고 어리둥절해한다.

경찰, 뒤이어 자신의 물건들을 들고 등장.

서진 엄마   서진아!
서진 아빠   이서진!

서진 엄마, 서진에게 다가간다.
서진, 자리를 피하려고 하며

서진	어…, 어떻게?
경찰	네 휴대폰이 더 많은 말을 한다고 했잖아.
서진 엄마	어떻게 된 거야? 어디… 다친 거 아니지?

서진 엄마, 서진을 안았다가 서진의 몸을 이리저리 살핀다. 한두 번 해본 것 같지 않다.

서진 아빠, 걱정스럽다.

경찰	일단 앉으시지요. 이서진 부모님 되시지요?
서진 아빠	무슨 일입니까?

서진 엄마와 서진 아빠, 자리에 앉는다.

서진 엄마	(서진에게) 괜찮아. 괜찮을 거야. (다시 안으며) 괜찮지? 이제 다 괜찮아졌는데…. (경찰에게) 정말 다친 데는 없는 거죠?
경찰	외상은 없습니다.
서진 엄마	(서진에게) 그럼 됐어. 그럼 된 거야.
서진 아빠	(경찰에게) 전화상으로 듣긴 했지만…. 전화하신 분 맞으시죠?
경찰	예, 제가 전화드렸습니다. 이서진 양이 오늘 오후

옥상에서….

서진　　　(겨우) 아니라고요. 아무 일도 없었어요.

경찰　　　…구조되었습니다. 신고가 접수되었죠.

서진 엄마와 서진 아빠, 안타깝기도 하고 혼란스럽기도 하다.
서진 아빠, 서진을 다독이며 경찰에게

서진 아빠　　고맙습니다.

서진 엄마　　(따라서) 고맙습니다. (사이) 이제 어떻게 하면 되
　　　　　　죠? 애가 많이 놀란 것 같은데.

서진 아빠, 탁자 위에 놓인 동화책을 못마땅하게 보다가 서진에게

서진 아빠　　집에 가자. 가서 얘기해.

서진 아빠, 서진을 데리고 나가려는데

경찰　　　아버님, 잠시만요.

서진 아빠　　(경찰에게) 저기, 근데… 뭔가 오해가 있으셨던 건
　　　　　　아닙니까?

경찰　　　서진이를 보내드릴 수 없습니다.

서진 아빠   예? (참으려 하지만) 잘 이해가 안 되네요. 애는 아
          니라고 하는데…, 과잉 아닌가요?

경찰   진정하시고요. 옥상 난간에 혼자 서 있었습니다.

서진 아빠   아니, 그건…. (서진을 보는데)

경찰, 서진 아빠에게 쪽지를 적어 건넨다.

경찰   상담 선생님 연락처입니다. 경과가 우리에게 보고
          되니까, 아니 이서진 양을 위해 꼭 연락하시고요.

서진 아빠   그냥 바람이나 쐬러 간 거잖아요. 시간 쪼개 SAT
          공부하는 애를 경찰이 잡아다 놓고…. 요즘이 우
          리 서진이한테 얼마나 중요하고 예민한 시기인지
          아세요?

경찰   서진이가 평소와 다른 점이 있었나요?

서진 엄마   우리 애는 그럴 애가 아니에요. (주변을 살피다가)
          뭘 어떻게 하면 되죠?

경찰, 동화책을 서진 엄마와 서진 아빠 앞에 놓으며

경찰   이진주 양을 아시지요?

서진 엄마, 한숨을 쉬며 서진을 본다.

서진 아빠, 답답하다는 듯 자리에서 물러나 주위를 배회한다.

서진, 눈이 부신 듯 손을 뻗어 조명을 가린다.

무대는 경찰서와 진주의 옥상으로 나뉜다.

진주의 옥상

진주, 진주의 옥상(이하 옥상)으로 들어와서 산책하듯 거닌다.

(자기만의 옥상 놀이를 할 수도 있다.)

자신이 만들어놓은 초라한 말들의 집 주변을 배회한다.

5장의 같은 자리에 서서 하늘을 향해 손을 뻗어본다.

하늘을 보기도 하고 자신의 손등을 보기도 한다.

햇살에 눈을 찌푸리기도 한다.

서진, 진주와 같은 자세로 여전히 조명을 보고 있다.

진주　　하늘이 정말 가깝다.

서진, 진주의 소리를 듣고 손을 내린다.

옥상 쪽에 있는 진주를 발견한다.

놀랍고 두렵다. 하지만 겨우 웃는다.

(서진을 제외한 경찰서 쪽 인물들은 진주를 보지도 그의 말을 듣지도 못한다.)

서진 엄마   이진주요?

경찰   이서진 양을 발견한 곳이 이진주 양이 투신했던 곳이었습니다. 더구나 오늘은 이진주 양 생일이기도 하고요.

경찰, 동화책을 가리키며

경찰   그리고 이진주 이름이 적힌 이 책을 가지고 있었습니다.

서진 아빠   여보! 그것 좀 버리라고 했잖아!

서진, 아빠를 본다. 동화책을 움켜쥔다.

서진 아빠   (달래며) 서진아, 언제까지 이럴 거야? 그만하면 됐어. 이제 그만하자.

경찰, 서진과 서진 아빠를 주시한다.

서진 엄마　진주 생일이라고 한번 찾아갔나 봐요. 그렇지, 서
　　　　　　　진아?

서진, 대답 없이 동화책을 본다.
서진 엄마, 서진과 서진 아빠를 살피다가

서진 엄마　저한테 그랬어요. 거기는 무서워서 쳐다도 못 보
　　　　　　　겠다고…. 하지만 오늘은 생일이니까, 생일이라고,
　　　　　　　무서워도, 그래도 친구였다고 찾아갔나 봐요.
서진 아빠　여기서 이러는 게 서진이에게 도움이 될 것 같지
　　　　　　　않은데요?
서진　　　아빠….

서진 아빠와 서진 엄마, 놀라며 서진을 본다.

서진 아빠　어? 그래. 서진아? (서진의 눈높이를 맞추며) 그래,
　　　　　　　아빠. 아빠, 여기 있어.
서진　　　어떻게 알아?
서진 아빠　뭘? (당황하지만) 아빠가 왜 몰라? 아빠니까…. 아
　　　　　　　빠니까 알지.
서진　　　모르고 싶은 건 모르잖아.

서진 아빠　(침착하려 애쓰며) 아빠가? …아빠가 뭘 모를까? 서
진아, 그래, 얘기해. 아빠한테.

경찰서 쪽 인물들, 서진의 대답을 기다리는데

진주　손만 뻗으면 하늘이 닿을 것 같아. 우리가 어쩌다
여기까지 왔을까?

서진, 진주의 소리에 이끌리듯 일어선다. 진주를 보며 옥상 쪽으로
다가간다.
(경찰서 쪽 인물들, 서진을 경찰서 자리에 있는 것처럼 대한다.)

서진 아빠　서진아, 말을 안 하면 아빠가 어떻게 알아?

서진, 경찰서와 옥상 경계에서
(경찰서 쪽 인물들, 다음 서진의 대사를 듣지 못한다.)

서진　아빠가 원하는 서진이는 내가 아니야.

서진 아빠, 답답한 마음으로 서진의 빈자리(서진)를 보기만 할 뿐 어
쩔 줄 몰라 하는데

경찰   (서진 엄마에게) 진주 일 이후 서진이의 달라진 점
은 없습니까?

서진 엄마, 울컥한다. 그런데 어쩐지 가식적이다.

서진 엄마   우리 애 아빠가 아빠란 말을 얼마 만에 들었는지
아세요, 지금? 얼마 만에…. (겨우) 말도 잘하고,
아빠하고도 정말 좋았는데.

서진   엄마, 우리 그랬어?

서진, 다음의 대사 동안 경찰서와 옥상을 번갈아 본다.

서진 엄마   왜 이런 일이 생겼는지…, 길 가는 누구라도 잡아
물어보고 싶어요. 어쩌다 이런 일이…. 매일 아침
마음먹어요. 일어난 일은 어쩔 수 없어도 어떻게
든 해보자, 어떻게든…. 근데 어떻게 해야 할지 모
르겠어요.

서진 엄마, 탁자 위에 놓인 서진의 휴대폰을 집는다. 감정을 추스르며

서진 엄마 서진이는 친구가 많아요. 근데 진주에게는 하나뿐
인 친구였죠. 이 휴대폰도 바꿔주겠다 해도 서진
이가 버리지 못했어요. 이제 그만하셨으면 좋겠어
요. (참으며) 그만하게 도와주세요.

경찰, 서진 엄마가 안타깝기도 하지만

경찰 그런데 이서진 양이 오늘, 자신을 이진주라고 하
더군요.

서진 엄마와 서진 아빠, 놀라는데

서진 아빠 예? 무슨, 말씀이신지.

서진 엄마 네가 왜 너를…?

경찰 이름만 속인 게 아니라 이진주인 것처럼 행동하기
까지 했죠. 엄마 얘기까지 하면서 보호자 연락처
도 다른 번호를 줬죠.

서진 아빠 다른 번호라니요?

서진 엄마 제 얘기요?

경찰 어머님이 아니라 이진주 양 어머니겠죠. 아, 어머

　　　　　님은 소설 쓰시죠?

서진 엄마　　소설…이요? 써보려고는 했는데….

경찰　　　　(서진의 빈자리를 골똘히 보며) 그렇군요. (사이) 그
　　　　　　　리고 무엇보다, 자신이 누구…, 뭔가를 죽인 거냐
　　　　　　　며….

서진 아빠, 경찰의 말이 불쾌하다.

서진 아빠　　아니, 왜 이러십니까? 진주라는 애가 그렇게 된
　　　　　　　게, 우리 애 때문이라는 겁니까?

경찰의 휴대폰이 울린다.

경찰, 휴대폰 화면을 확인하고 놀란다. 들키지 않으려 한다. 전화를
받으며

경찰　　　　여보세요?

경찰, 골똘하다. 서진의 빈자리(서진)를 물끄러미 보더니

경찰　　　　잠시만 실례하겠습니다.

경찰, 전화를 하며 서둘러 나간다.

서진 엄마, 서진의 빈자리(서진)를 보며 크게 한숨. 지쳤다.

서진 엄마   서진아…, (사이) 왜 이렇게, 엄마 아빠를 힘들게
해….

서진 아빠   애한테 무슨 소리야?

서진 엄마   당신이 뭘 알겠어? 당신 모르는 거 참 많아. 서진
이도, 나도, 집안이 어떤 꼴인지도…. (사이) 서진
아, 어떡할까? 엄마가, 어떻게 해?

서진, 경계에서 서진 엄마를 보더니

서진   엄마는, 엄마가 제일 아프지?

서진 엄마   말 좀 해봐. 엄마가 뭘 어떻게 해? 할 수 있는 건,
다 했어. 다 했잖아. 너 어떻게 엄마 아빠를 두
고….

서진 아빠   당신까지 왜 이래?

서진 엄마   못된 짓만 골라서…. 네가 무슨 짓을 했는지 알아?

서진 아빠   서진이가 그런 거 아니야!

서진 엄마   내가 말라 죽을 것 같아. 너 때문에! 엄마한테 미

안하지도 않니? 제발 말 좀…. (참았다가) 너 왜 이
러는데!

서진, 경찰서와 옥상을 번갈아 보며

서진   나도 알고 싶어. 내가 왜 이러는지, 진주가 왜 그
랬는지….

진주, 옥상에서.
서진, 경찰서와 옥상 경계에서.

진주   우리가 버려진 곳…. 이렇게 높은 데 있으니까.
서진/진주   내가, 내가 아닌 것 같아.

서진 아빠   서진아, 뭐라고?

경찰, 다시 들어온다.
서진 엄마, 자세를 고쳐 앉으며 경찰의 시선을 피한다. 그 모습조차
가식적이다.
경찰, 경찰서 상황을 이해하려 하며

경찰　　　무슨 말을 했나요?

서진 아빠　모르겠어요. 뭐가 아니라는데….

서진 엄마와 서진 아빠, 서진의 빈자리(서진)를 답답하게 본다.
경찰, 자리에 앉더니

경찰　　　자신을 진주라고 한 것뿐만 아니라…, (서류를 뒤지
　　　　　더니) 서진이와 진주가 관계된 이상한 걸 인터넷
　　　　　에서 발견했습니다. 진주가 남긴 일기 같은 거죠.

진주　　　서진아.

서진, 보고만 있는데

진주　　　내가 쓰고 있는 이야기 한번 들어볼래? 나의 첫
　　　　　소설.

진주, 자신이 만든 말들의 집을 천천히 허물기 시작한다.

경찰, 서진 엄마를 물끄러미 보다가

경찰 도와드리려는 겁니다. (서진의 빈자리를 보고) 서진
이보다 더 많은 얘기를 해줄지도 모릅니다. 한번
확인해주시지요.

경찰, 서진 엄마와 서진 아빠에게 출력물을 건넨다.
(서진 엄마에게는 노트북을 보여주는 것으로 대신할 수도 있다.)
서진 엄마와 서진 아빠, 서진의 빈자리(서진)를 살피며 출력물을 읽
는다.
(그들에게는 서진이가 진주의 온라인 일기를 보는 것 같다.)

진주, 자신이 만들어놓은 초라한 말들의 집 주변에서 관객을 향해 말
한다.
(특정 관객을 지목할 수도 있고, 두어 명을 차례로 볼 수도 있다.)

진주 주인공도 만들고 이름도 정했어. 우리하고 같은
나이. 너도 좀 닮고, 나도 좀 닮았는데….
서진 몰랐어, 그때는. 네가 무슨 말을 하는지….
진주 그래도 좀 달라.

진주, 계속해서 말들의 집을 허물며

진주	주인공 이름은, 우리가 같이 만든 우리 이름, 그 이름 있잖아.
경찰	보시는 대로 주로 나오는 이름이 서진이와 이니셜 P…, 서진이가 처음 연락처를 알려준 선생님입니다.

서진 아빠, 불쾌하다. 뭔가 물으려다 출력물을 책상에 내려놓으며 한편 서진 엄마는 점점 놀라는 기색이다.

서진 아빠	이 애들 장난 같은 게, 뭔 상관이죠?

경찰, 서진 아빠의 말이 불쾌하다. 뭔가 생각나서 서류를 보며

경찰	SAT라면 유학 준비 중인가 보네요. 아버님은 대학 강사이시고요. 맞지요?
서진 아빠	(기분 상해서) 쓸데없는 질문에 대답해야 합니까?

서진 엄마, 출력물을 보다가 입을 막으며

서진 엄마	이게 진주 일기라고요? 서진아, 이거 어떻게 된 거니? 진은 또 누구야?

진주, 옥상 쪽에서 서진을 똑바로 본다.
서진, 진주를 본다.
진주와 서진, 서로를 바라보고 있다.

진주   이 이야기는 우리 이야기니까. 아닌가? 이제는 내
         이야기인가?
서진   네 이야기….

서진 엄마   진주가…, 진짜 이랬어?
경찰   선생님에 관한 것 말입니까?
서진 엄마   선생님 얘기도 있어요?

서진 아빠, 출력물을 다시 집어서 본다.
서진 엄마, 출력물을 뒤적이며

서진 엄마   우리는 잘 몰라요. 그때 학생 폭력 조사하는 데서,
         진주 괴롭히던 애들 불려가고. 선생님은, 몰라요.
         걔네가 진주 소문도 퍼뜨리고 때리기도 했다던
         데….

경찰, 서류를 뒤져 보며

경찰　　때린 정도가 아니었습니다.

서진 엄마　예? (출력물을 가리키며) 이것 때문에 애들이 그랬다고요?

서진 아빠　서진이는요? 서진이는 괜찮았던 겁니까?

경찰　　글쎄요. 직접 확인하시죠. 시작이자 끝인지도 모르죠.

서진 엄마, 어리둥절한 채로 출력물을 본다.

진주, 옥상에서.
말들의 집이 있던 자리는 비어 있다.

진주　　(장난치듯) 너도 그렇게 생각하지? 이 언니에게 그렇다고 고백해. 그 이름 말고 이야기가 안 만들어져.

진주, 다음의 대사를 하는 동안 다시 말들의 집을 만들기 시작한다.
(처음 모양과는 다르다. 의자와 탁자 등 소도구만 상징적으로 배치할 수도 있다.)

서진, 진주가 말들의 집을 만드는 모습을 본다.

진주 나, 그 이름 쓴다. 이건 우리 이야기니까. 아니 우리보다 더 진짜 우리 이야기. 넌 애들이 엄마나 나에 대해 떠드는 말 안 믿지? 그러라고 해. 지네들끼리 떠들 얘기는 필요하니까. 안 그래? 난 네 이야기가 좋아. 아니, 좋았어. 이젠 내 이야기가 더 좋아.

말들의 집이 조금씩 형체를 이뤄간다.

서진 이야기일 뿐인데⋯. 지어낸 이야기. 진짜가 아닌데⋯.

진주, 서진에게 다가가 서진을 똑바로 쳐다보며

진주 진짜가 어디 있어? 우리가 우리 이야기를 믿으면 그게 진짜지.

진주, 경찰서 쪽으로 넘어온다. 경찰서 쪽 인물들에게 다가간다.
경찰서 쪽 인물들 주위를 춤을 추듯 맴돌며 다음의 대사를 장난처럼 한다.

(진주의 모습은 옥상 놀이하는 것처럼 보일 수도 있다.)

서진을 제외한 모두, 진주를 보지도 듣지도 못한 채 출력물을 보고 있다.

서진, 진주의 모습을 보면서 차츰 무너진다.

(다음 진주의 대사는 4장 진의 온라인 일기의 반복/변주이다. 상황에 따라 진의 온라인 일기 중 다른 부분을 반복/변주할 수도 있다. 또한 서진 엄마, 서진 아빠, 경찰의 대사와 섞일 수도 있다.)

진주   (서진 아빠에게) 그래서? 이름 시끄러우신 학과장님 아빠, 서운하셨나 보다. (서진 엄마에게) 소설책 장사 그런 거 몰라? 바짝 마케팅하는 거라고. (경찰서 쪽 인물들에게) 진짜 원하는 건, 원할수록 멀어지는 것 같아.

서진 아빠, 출력물을 내려놓으며 서진의 빈자리(서진)를 향해

서진 아빠   서진아, 선생하고 이 얘기 다 뭐야?

서진 엄마   얘기해봐. 아빠가 묻잖아!

서진 아빠   (서진 엄마를 진정시키며 경찰에게) 사실인지는 모르

겠지만, 이건 선생과 진주 얘기 아닙니까? 서진이
가 무슨 상관이죠?

서진 엄마 (참다가) 어디서 못된 친구한테 못된 것만 배워갖
고는.

서진 아빠 애한테 왜 이래? 이거 다 진주 때문이잖아!

경찰, 서진 엄마와 서진 아빠를 말리는데

서진 엄마 어떡하려고 그런 애하고 붙어 다닌 거야? 네가 뭐
가 아쉬워? 우리가 다 해줬잖아. 뭐가 부족해서 그
런 애하고!

진주, 경찰서 쪽 인물들 주위를 춤추듯 맴돌다가 서진에게 다가간다.
서진 귀에 대고

진주 난 내가 지겨워. 지루해.

서진, 괴로운 듯 귀를 막는다.
진주, 다시 경찰서를 옥상 놀이하듯 돌아다니며

진주 모두들 얼마나 부러워하는데. 소문내줄까?

서진　　거짓말!

거의 동시에 경찰서 쪽 서진이 앉아 있던 의자가 소리를 내며 쓰러진다.
경찰서 쪽 인물들, 서진의 빈자리(서진)를 불안하게 본다.
그들 시선에는 서진이 갑자기 일어난 것처럼 보인다.

서진, 경찰서 쪽 자신이 있던 자리로 간다.
경찰서 쪽 인물들, 서진을 본다.
서진, 서진 엄마와 서진 아빠를 한참 보더니

서진　　이 거짓말들….

서진 엄마와 서진 아빠, 어리둥절한 표정.

진주　　거짓말이면 어때? 우리를 좋아해주잖아. 우리가
　　　　좋아하는 사람들이.

선생, 경찰서로 등장.
진주를 제외한 모두, 선생을 본다.

선생   이서진.

선생, 경찰서에 있는 사람들을 살피다가 서진을 본다.
서진, 선생이 반갑기도 하지만 당황스럽기도 하다. 서 있던 자리에서

서진   선생님….

7장 그녀들의 옥상: 변태Metamorphosis

옥상.

진주, 혼자 말들의 집을 만든다. 점차로 완성되어가는 모양새.

(주위에 있는 의자와 탁자 등 소품을 이용한다. 다음 대사 동안 소품들을 쌓기도 하고 마음에 안 들면 다시 쌓기도 한다. 진주만의 옥상 놀이를 하기도 한다.)

콧노래를 부르며 들떠 있다. 기분이 매우 좋아 보인다.

서진, 옥상으로 등장. 진주를 발견한다. 다가가지 못하고 주저한다.

서진은 진주가 만드는 말들의 집을 보지 못한다.

서진에게는 진주가 휴대폰으로 딴청을 피우는 것처럼 보인다.

아빠, 무대 한쪽에서 동화책을 읽는다.

다음의 아빠 대사 동안 진주는 말들을 집을 만든다.

아빠   버려진 아이들은 캄캄한 숲을 헤맸습니다. 어디선
가 맛있는 냄새가 났습니다. 냄새를 따라가보니
어떤 집이 보였습니다.

서진, 진주를 보며 머뭇거리다가

서진   진주야. (듣지 못하는데) 진주야.

아빠   아이들은 그 집으로 다가갔습니다.

진주, 소리가 들리는 쪽을 건성으로 보며

진주   어? 언제 왔어?

진주, 서진을 보고 웃더니 하던 일에 열중하는데

서진   여기서 뭐 해? (진주, 대답 없는데) 계속 이럴 거야? (사이) 이진주!
진주   어? 왜?
서진   문자도 씹고…, 나하고 말도 안 하잖아.
진주   그랬어? 그랬나? 뭐, 내가 좀. 바쁘기는 했다. 미안.
서진   아직도 나한테 화났지? 화나서 이러는 거잖아? (주저하다가) 미안해.

진주, 대답 없이 자신이 하던 일에만 열중한다.

서진   애들이 그렇게까지 할 줄, 정말 몰랐어. 안 다쳤
         어? (눈치 보다가) 너 끌려가고, 나는 밖에서 애들
         이 못 들어가게 했다고…. 나도 말릴 수가 없었어.
         안에서 무슨 일…, 있었어? 괜찮아? 정말 다친 덴
         없는 거야?

진주   (여전히 들떠서) 뭐가?

서진   진주야, 왜 그래? 휴대폰 좀 그만 봐! 정말이라니
         까. 나도 애들이 생일이라고…, 그렇게 심하게 할
         줄 몰랐다니까. 너 오해하는 것 같은데, 나 그냥
         보고만 있던 거 진짜 아니야. 밖에서 나 소리 지르
         는 거 못 들었어?

진주, 서진의 말이 뭔가 생각하더니

진주   아, 내 생일날? 화장실에서? 나도 처음엔 엄청 놀
         랐지. 좀 까지기도 하고. 그랬는데. 병원에서 별거
         아니래.

서진   병원? 병원 갔다 왔어? 애들이 풀어줘서 가보니
         까, …너 병원 갔던 거야? 전화는 왜 안 받았어?

진주   별거, 아니라니까.

서진   뭐?

진주   나도 다 알아. 그냥 이벤트, 같은 거잖아.

서진, 진주의 반응이 놀랍기도 하고 이해도 안 된다.

서진   이벤트?

진주   왜 골프 같은 거. 우승하면 그러잖아. 세리머니. 물
         에 빠뜨리고. 유치하게. 애들이 아직 어려.

서진   (걱정스럽다.) 애들이…, 너 이상하대. 그날 이후로
         딴 사람이 된 것 같다고.

진주   내가? 난 그대로인데?

서진   (망설이다가) 애들이 너에 대해 얘기하는 것 있잖
         아. 그거….

진주   (말 끊으며) 너도. 그 선생님 좋아하지? 걔네들 얘
         기. 신경 쓰지 마. 그건 그냥. 걔네들 얘기니까.

진주, 갑자기 서진 얼굴을 뚫어져라 본다.

서진   뭐야?

진주   뭔가 어색했는데. 이거였구나. 네 얼굴.

진주, 자신이 만들던 말들의 집 일부를 고치는데

아빠   다가갈수록 그 집은 생각보다 아주 커다랗고 화려
             했습니다.

진주   웃기더라. 개네. 내가 쎔한테. 꼬리쳤다 그러더라?
             웃겨. 아니거든. 그 반대. 선생님과 나. 있잖아.

진주, 혼자서 웃다가 서진에게 귓속말을 한다.
서진, 화들짝 놀란다.

서진   뭐? (말문이 막혀) 그게 무슨 소리야?
진주   같이. 갈지도 몰라.
서진   유학? 너, 유학 간다고? 선생님이랑 같이?
진주   그래서. 요즘 더 바빴어. 이름도 영어로. 부르기 쉽
             게 바꿀 거야.
서진   진주야, 왜 이래? 네가 지금 무슨 말을 하는지 알
             아? 난 네가…, (당황해서) 무슨 말 하는지 하나도
             모르겠어. 왜 그러는 거야?

진주, 서진을 보고 크게 웃는데

아빠　　그 집은 말들로 만들어진 집이었습니다.

진주　　이제부터. 진이라고 불러.

서진　　…진?

진주　　선생님만 부르는 이름. 하지만 너에게는. 특별히
　　　　　가르쳐줄게. 넌 나에게 꿈을 줬으니까.

서진　　진주야!

진주, 말들의 집을 다듬다가 서진을 보며

진주　　내 이름은 진이야.

진주, 자신이 만든 말들의 집 주위를 옥상 놀이 하듯 한 바퀴 도는데

아빠　　아이들은 배가 너무 고파서 그 말들을 먹기 시작
　　　　　했어요. 말들은 달콤하고, 새콤하고, 매우 맛있었
　　　　　습니다.

서진　　너 정말 왜 그래?

진주   너한테. 좀 미안하네.

서진   (이해하려 애쓰지만) 나한테 화가 났으면, 그냥 화를 내! 진주야, 제발. 이상한 헛소리 하지 말고!

진주   화는. 네가 난 것 같은데? 미안한 건. 나라니까. 어떡하니. 아. 너도 선생님을 좋아하는데. 넌 아니고 싶겠지만. 어떡해. 서진아. 진짠데.

서진   너 왜 이래? 왜 이러는 거야?

진주   선생님이. 나를 좋아하는 걸. 어떡해.

서진   진주야!

진주, 말들의 집을 등지고 서진을 똑바로 보는데

아빠   아이들은 그 집을 먹다가 집주인을 만나게 되었습니다.

진주, 매우 위압적으로

진주   난 진주가 아니야! 난, 진이야.

8장 선생의 진술

경찰서.

탁자 주위로 서진, 서진 엄마와 서진 아빠, 선생, 경찰이 앉아 있다.

한쪽 편에 서진을 중심으로 서진 엄마와 서진 아빠.

맞은편으로는 경찰, 가운데 자리에 선생.

서진 아빠, 선생을 불쾌하게 보고 있다.

서진 엄마, 선생을 보고 있지 않다.

선생, 서진 아빠의 시선을 느낀다. 서진을 보고 있다.

서진, 선생의 시선이 부담스럽다.

경찰　　휴직 중이시군요. 진주 일 직후부터.

선생　　개인적인 이유입니다.

경찰　　여기…, (말을 찾다가) 두 아이가 있습니다. 한 명은
　　　　　학교에서 선생님과 소문이….

선생　　(말 끊으며) 진주 일은 안타까운 일입니다. (서진을
　　　　　보더니) 또 그런 일이 일어나지 않아 다행입니다.
　　　　　구조할 수 있어서.

경찰　　(혼잣말처럼) 구조되었을까요?

선생　　(무슨 말인가 싶지만) 제가 도울 일이 있나요? 부모
　　　　　님도 오셨는데….

선생, 서진 엄마와 서진 아빠를 보더니 간단한 눈인사를 한다.
서진 엄마, 어색하다. 서진 아빠, 선생을 주시한다.

경찰　　이상한 점들이 몇 가지 있습니다. 서진이가 자신
　　　　　을 진주라고 한 것도 그렇고…

서진 엄마, 벌떡 일어난다. 서진을 쏘아본다.
서진 아빠, 서진 엄마를 못마땅하게 본다.
경찰, 당황하는데. 계속.

선생　　진실을 피하고 싶었겠죠. 자기들끼리 만든 거짓말
　　　　　이나 소문이 더 재미있었을 테니.
서진　　…제가 만든 게 아니에요.
선생　　조사 기록에서 보신 대로 애들이 소문에 휩싸여
　　　　　진주를 괴롭혔어요. 진실이 아닌 말이 사람을 죽
　　　　　게도 하고, (한숨) 생매장시키기도 하더군요. 제가
　　　　　할 일이 더 없으면, 저는….
서진 아빠　(불쑥) 서진이와 자주 통화하세요? 여기서 서진이

가 제일 먼저 전화했다던데…, (서진 엄마 말리는
데) 아니 왜? 잠깐 있어봐. (선생에게) 그때도? 지
금도?

서진, 서진 아빠를 난감하게 보는데

경찰   진, 진정하세요.

선생   (불쾌) 서진이한테 직접 물어보시죠.

서진 아빠, 경찰이 건네줬던 출력물을 선생 쪽으로 던지며

서진 아빠   우리 애가 얘기를 안 하네요. 이게 뭔지는 알아요?
선생이 어떤 일을…, 선생 때문에 어떤 일들이 일
어났는지 알아요?

경찰   (말 끊으며) 서진 아버님!

경찰, 서진 아빠를 진정시키려 하며 서진을 본다. 서진이 안타깝다.
선생 쪽에 던져진 출력물을 건네며

경찰   진주가 죽기 전에 남긴 일기입니다.

서진 아빠와 선생, 서로 언짢게 본다.

선생 제가 이걸 왜 봐야 하죠?

경찰 (호소하듯) 진주와 서진이 선생님이시잖아요. …진
주가 선생님 얘기를 가장 많이 쓰기도 했고.

선생, 약간 놀란 듯 머뭇거린다. 서진 아빠를 힐끗 보고 출력물을 집
어 본다.

\# 진의 교실

진주, 진의 교실로 등장한다.

진주, 책상 끝에 엉덩이만 걸친 채 다리를 앞뒤로 까딱거린다.

서진, 진주를 발견한다. 다음 장면 동안 점차로 뭔가 생각나는 듯.

(경찰서 인물들, 진주를 보지 못한다.)

서진 엄마, 서진의 행동을 주시한다.

경찰 그런데… 이해할 수 없는 부분이 많아요.

선생, 출력물을 본다.

진주, 경찰서 쪽 선생을 힐끗 보며

진주   선생님. (키득거리다가) 선생님!

선생   이게 어디서 난 겁니까? 이건… 사실이 아니에요.

서진 아빠   선생 때문에 어떤 일이 일어났는지 아시겠어요?
               우리 애가 어떻게 됐는지 아냐고요!

서진 엄마, 서진 아빠를 말린다.
경찰도 서진 아빠를 제지하려는데

서진   아빠! (모두 놀라면) 내가 어떻게 됐는데?

서진 아빠   서진아….

서진, 서진 아빠와 서진 엄마를 보고 뭔가 말하려다 멈춘다.
노트북을 가리키며 경찰에게

서진   경찰 언니…. 그거 제가 좀 봐도 될까요?

경찰, 서진의 태도에 놀라기도 하고 망설이는데

서진   여기에 진…, 진주가 있을 거예요.

경찰, 노트북을 서진에게 내준다.

서진, 노트북의 어떤 페이지를 찾기 위해 클릭한다.

선생, 서진 아빠 말에 여전히 불쾌하다.

경찰, 서진을 살피다가 선생의 상태를 눈치채고

경찰　　　서진이를 도울…, 구조할 기회라고 생각해주시죠.

서진과 경찰, 서로 물끄러미 본다.

경찰, 서진을 향해 처음으로 겨우 웃어준다.

서진, 무표정하게 다시 노트북을 보더니 점점 놀라며

서진　　　같은 날…, 다른 일기….

진주　　　선생님, 왜 저를 피하시는 것 같죠?

경찰　　　(노트북을 보며) 같은 날, 이라니?

서진　　　선생님, 그날이에요. 제가 선생님한테 진주 얘기
　　　　　　를 하던….

서진 아빠와 서진 엄마, 마뜩잖지만 출력물을 보려고 한다.

(경찰이 서진 엄마와 서진 아빠에게 억지로 보여줄 수도 있다.)

서진 아빠, 여전히 선생과 긴장 상태.

서진 엄마, 여전히 서진이 못마땅한 상태.

선생, 출력물을 보려고 하는데

진주   서진이 때문이죠? 맞죠? 서진이 때문에 그러시는
           거죠?

서진, 진주 목소리에 이끌리듯 일어난다.

(경찰서 쪽 인물들, 서진이 경찰서 쪽 자리에 있는 것처럼 행동한다.)

서진, 경찰서와 진의 교실 경계로 다가간다. 진주를 본 채로

서진   선생님, 진주가 자꾸 이상한 말을 해요.

진주   걔네 엄마가 매일 술도 마시고 때리기도 하고.

서진   완전 딴 사람 같아요. 진주가 아닌 것 같아요.

진주   저도 알아요. (사이) 걔 불쌍한 거.

경찰   (선생에게) 이날 진주가 어땠나요?

선생   (출력물을 보다가) 그때 진주는….

서진   선생님에 대해서도 이상한 말을 했어요.

선생, 경찰서 쪽 자리에서 일어난다.

(경찰, 서진 엄마, 서진 아빠는 선생이 경찰서 쪽 자리에 앉아 있는 것처럼 행동한다.)

선생   진주가 아니었어요. (서진에게) 너희끼리 또 무슨 얘기를 하고 다니는 거니?

진주   (선생에게) 혹시 우리 얘기도 그럴 것 같아 저를 피하시는 거예요?

선생, 진의 교실 쪽으로 건너가며

선생   우리? 무슨 얘기?

진주   (계속 키득거리며) 애들끼리는 다 알아요. 그런 말들이 더 빠른 거 모르시죠? 모르는 게

진주/서진   더 어려울 걸요?

진주, 선생을 보고 선생 뒤로 다가간다. 선생 어깨 위에 손을 살짝 올린다.

선생, 거북하다.

진주   왜요? 누가 볼까 봐요? 다 서진이 때문이에요. 그렇죠? 서진이가 선생님 좋아하는 거 알아요. 하지만 우리는 다르잖아요. 저는 선생님을 아무 데서나 안을 수 없다는 것보다 선생님이 서진이와 있는 걸 더 못 참겠어요. 왜 그럴까요?

선생, 경계에 있는 서진을 보며 경찰에게

선생   지금도 모르겠습니다. 그런 말들이 대체 어디서부터, 누구부터 시작됐을까요?

진주   저, 얼마 안 있으면 유학 가잖아요.

선생   (진주에게) 유학? 갑자기 무슨 유학이야? 네가 그런 말 하고 다니니까 서진이도 걱정하잖아.

진주   거봐요. 서진이 때문이네. 선생님이 지금 곤란하시다는 거 알아요.

진주, 밝게 웃으며 진의 교실을 돌아다닌다.

(옥상 놀이를 할 수도 있다.)

진주　　선생님에게 미안하지만 전 가끔 재미있기도 해요.

선생　　넌 이게 재미있니?

진주　　아슬아슬하기도 하고. 하지만 저도 곧 졸업할 거
　　　　고…. 저는 사람들이 우리를 어떻게 볼까, 신경 안
　　　　써요. 선생님과 더 멀리 가고 싶어요. 저, 유학 갈
　　　　때 같이 가요.

진주, 선생 뒤편으로 다가간다.

선생, 자리를 피한다.

진주　　아니에요. 차라리 사람들이 봤으면 좋겠어요. 다
　　　　알았으면 좋겠어요. 모두 다 알게 소문내고 싶어
　　　　요.

선생　　우리에게 무슨 얘기가 있는데?

서진, 경계에서

서진　　선생님도 진주를 좋아했잖아요.

진주   (실망하는 듯) 왜 제가 진짜 원하는 건, 원할수록 자꾸 멀어지는 것 같죠? (부끄러워하더니) 저는, 선생님이 처음이라 좋았는데.

선생   (버럭) 뭐? 뭐가 처음이야?

진주   왜 그러세요? 선생님이 이러시는 거, 하나도 재미없어요.

선생   대체 무슨 일이 있었는데?

서진   선생님도 그러고 싶지 않았어요?

진주   (놀라서 멈칫하며) 그게? 그게 아무 일도 아닌가요? 선생님에게는 그게 아무 일도 아닌가요?

선생   너 왜 이래?

진주   왜요! 그렇게 사람들 시선이 무서우세요? 아니면….

진주, 울먹이는 듯 차마 고개를 들지 못하는데

선생   정신 차려! 너 대체 왜 이래? 이런 장난이 재미있니?

진주　　　 장난이라니요. 제가…, 제가 지겨워지신 거죠? 저
　　　　　 같은 거, 지겨워지신 거죠?

선생, 어리둥절하지만 진주가 안쓰럽다.

선생　　　 네가 하는 말, 하나도 모르겠어. 너하고 내가 여기
　　　　　 서 이러는 것도 모두에게 좋지 않아.
진주　　　 (겨우) 모두가 누군데요?

선생, 주저하다가 진주의 어깨를 짚는다.

선생　　　 요즘 힘들다는 거 알아. 너희 때는 힘든 때니까.
　　　　　 다 지나갈 거야. 아무 일도 없었다는 듯이.

서진, 진의 교실과 경찰서 경계에서,
선생이 진주 어깨에 손을 올리고 있는 것을 보며

서진　　　 아무 일도 없으면? 뭘 해야 하는데? … 내가 봤어.
　　　　　 아무 일도 아닌 걸….

서진 아빠, 갑자기 경찰서 쪽에서

서진 아빠   (탁자 위의 서류 등을 뒤지면서) 언제까지 이럴 거예
　　　　　요? 어떻게, 뭐 하면 서진이 데려갈 수 있어요? 어
　　　　　디에 사인, 뭐 그런 거 하면 돼요? (숨을 고르더니)
　　　　　이건 서진이와 아무 상관 없는 일이잖아요!

경찰   (참다가) 아직도 그렇게 생각하세요?

서진, 경찰을 보고 겨우 웃는다.
경찰서 쪽으로 넘어와 경찰 어깨를 짚을 수도 있다.

서진   그래서 아빠는, 아빠니까…, 아빠가 듣고 싶은 얘
　　　　기만 듣는 거야. 모르잖아. 우리가 어디에 있었는
　　　　지…. 우리가 왜….

경찰, 선생의 경찰서 쪽 빈자리를 향해

경찰   진주가 죽기 전에 다른 점은 없었나요? 진주와 서
　　　　진이 사이를 누구보다 잘 아실 것 같은데.

선생, 진의 교실에서 경찰서 쪽으로 다가간다.
진의 교실, 점차로 어두워진다.

진주, 진의 교실에 그림자처럼 서 있다.

서진 아빠　아니, 왜 서진이를 자꾸 진주와 엮으세요? 진주는
　　　　　　단순 왕따 사건 아닙니까?

경찰　　　왕따 사건에 단순이 있습니까?

서진 엄마　(서진 아빠를 슬머시 말리며 선생과 경찰에게) 말씀해
　　　　　　보세요. 서진이가 진주와 어땠는지?

선생, 경찰서 쪽에서

선생　　　모르겠어요. 진주가 왜… 이런 걸 썼는지.

진주　　　(혼잣말) 이게 다 진주 때문이야.

서진, 진주 소리를 듣고 어둠 속의 진주 쪽을 보며 소스라치게 놀란
다.

서진　　　진주야….

선생　　　진주가 서진이 얘기를 많이 했어요. 진주는 좀 불
　　　　　　쌍한 친구라 신경을 좀 더 써야 했습니다. 따로 불

러 얘기도 들어주고 그랬는데….

서진 아빠　젊은 남자 선생이 여고생과….

선생　예? 무슨 말씀이십니까?

경찰　계속 이러실 거예요? 서진 아버님, 선생님 말씀 좀 들어보시죠. (진정시킨 뒤 선생에게) 그래서요?

선생, 말문이 막힌 듯하다.

서진 아빠와 서진 엄마, 선생을 못마땅하게 보는데

선생　(참다가 버럭) 최선을 다했는데, 할 수 있는 게 아무것도 없었어요! 아무것도 할 수 없는 무기력이 뭔지 아세요?

서진, 경찰을 제외한 경찰서 쪽 인물을 하나하나 보면서

서진　지겨워….

선생　그런데 오늘, 또! 이런 연락을 받고, 아무것도 하지 않으면 계속 아무것도 못 할 것 같았다고요! 저라고 여기 좋은 마음으로 왔겠어요? 저는 진주뿐 아니라 모두에게 선생으로서 공평하게 대했을 뿐

입니다.

경찰   그런데도 가해 학생들은 진주가 선생님을….

선생   사실이 아닙니다. 징계위 기록은 안 보셨나요?

경찰   (서류를 보고는 한숨) 그렇군요. 근데 진주 생일날, 구타가 있었네요. 사실 구타보다는 옷을 벗겨 사진 찍고는 선생님께 보낸다고 협박하고, 학교 게시판에도 올린다고 하면서.

서진 엄마, 놀란다. 서진의 빈자리(서진)를 보며 이맛살을 찌푸린다. 같은 시선으로 선생을 본다.

서진 아빠, 역시 놀란다. 출력물 등을 가리키며 소리를 지른다.

서진 아빠   그러니까 여기 쓰여 있는 게 다 그런 거 아닙니까!

경찰   저기, 잠깐만요!

선생   보고 싶은 대로만 보지 마세요!

경찰의 휴대폰이 울린다.

경찰, 서진 아빠와 선생을 말리지 못한 채 휴대폰 액정을 확인하고 난감하다.

서진 아빠   보고 싶지 않아도 보이는 게 있어요.

경찰　　(전화를 받고는 한쪽에서) 얼른 처리한다니까요. 금
　　　　　방 끝나요. 괜찮아요. 혼자 할 수 있어요. 예? 소리
　　　　　가 거기까지 들려요?

서진 엄마, 서진 아빠, 선생 모두 경찰의 통화를 눈치채지만

선생　　아버님 같은 시선이, (못 참고) 진주 같은 일을 만
　　　　　든 겁니다!
서진 엄마　그 시선! 선생님이 만드신 거잖아요.

선생, 억울하다. 서진 엄마와 서진 아빠를 보다가

선생　　저도! 그 시선의 피해자입니다!
서진 아빠　누가 제일 큰 피해자인데요? 누가! 여기, 피해자
　　　　　아닌 사람이 없네요? (선생을 힐끗 보며) 근데 가해
　　　　　자는 어디 있죠?
선생　　서진이가 아버님과 얘기 안 하는 게 제 탓입니까?
　　　　　애들 얘기를 더 들어주려던 게 잘못입니까?

경찰, 전화 중에 끼지 못하고 우왕좌왕하다가

경찰	서진이를 위해서라도 좀 진정하세요!
서진 엄마	누가 누구를 위한다고 그래요?

| 서진 | 아무도 우리를 보지 않아. 무서워…. |

서진 아빠	됐습니다! 피해자들끼리 아무 쓸데도 없는 얘기, 그만합시다.
서진 엄마	(선생에게) 서진이를 위해서라면 진주 같은 애하고 못 다니게 해야 하는 거 아니에요?
선생	(어이없다. 경찰에게) 저야말로 여기 더 있어야 합니까?

선생, 나가려고 한다.

서진, 엄마에게

서진	엄마, 그게 무슨 말이야?
서진 엄마	너 어떡하려고…. 정말 엄마한테 이러는 거 아니야! 창피해서 고개를 들 수가 없어. 너 때문에, 창피해서….
서진 아빠	(서진 엄마에게) 그만해.
서진 엄마	당신이 뭘 알아! (서진에게) 엄마한테 너 정말, 미

안하지도 않아? (참다가) 네가 이진주라고 그랬다
며? 어? 네가 이진주야? 그렇게 진주가 되고 싶으
면 진주처럼 살아!

경찰, 다시 휴대폰이 울린다. 액정을 보자마자 끊는다. 냉정하게

경찰　　어른들이 지금…, 어른들이 서진이 앞에서 뭐 하
　　　　　시는 겁니까?

서진, 경찰서 인물들을 둘러본다.
서진 엄마, 서진 아빠, 선생 모두 흥분 상태로 서진을 본다.

서진　　(겨우) 아직도…, 뭘 했는지가 중요해요? 누가? 뭘
　　　　　했는지? (서진 엄마에게) 엄마는, 엄마만 아프잖아!
서진 엄마　너, 사람들 보는 데서….
서진　　이미 일어나버렸는데, 이제 진주와 얘기할 수도
　　　　　없는데…. 아직도! 뭘 했는지가 중요하냐고! …진
　　　　　주가…, 우리가, 왜, 그랬는지보다. (겨우) 진주가
　　　　　왜? 내가 창피해?

사이.

서진 아빠 서진아, 그만하자. 여기서 말고 우리끼리, 아빠한
테 얘기해. (서진 엄마 못마땅하지만) 당신도…, 그
만하고.

서진 아빠, 탁자 위의 서류를 발견하고는

서진 아빠 이거, 이거 맞죠? 여기에 사인하면 되죠?

서진 아빠, 서류에 사인하려는데

경찰 아니, 잠깐만요.

서진 아빠 더 잡아두려면 영장을 갖고 오든가 마음대로 해
요!

경찰, 휴대폰을 한 번 보더니 망설인다. 서진을 안타깝게 본다. 서류
를 집는다.

경찰 여기에 사인만, (한숨) 보호자로서 사인하시면 됩
니다.

서진 아빠, 서류에 사인한다.

경찰   수고하셨습니다.

서진 아빠   시간 많으신가 봅니다. 진작 끝났을 일을.

서진 아빠, 서진 엄마와 서진을 데리고 나가려 한다.

선생, 경찰에게만 눈인사하고 서진을 힐끗 보더니 나가려 한다.

서진, 떠밀리듯 동화책과 휴대폰 등을 들고 나가려고 한다.

경찰, 서진 아빠의 말을 되씹더니

경찰   서진아. (서진 돌아보면, 사이) 다 알 수는 없지만,

                없는데…. 너는·알 것 같아. (자기 말을 부정하며) …

                아니다.

서진, 주저하다가 동화책을 건네며

서진   빌려드리고 싶어요.

경찰   이건….

서진   새로운 이야기를 갖고 싶어요. 빌려드리는 동안만

                이라도….

서진과 경찰, 한동안 서로 본다.

서진 제가 오늘 왜 옥상에 올라갔는지… 알 것 같아요.

9장 진의 집

옥상.

1장 초반과 같다.

서진, 혼자 옥상 난간에 벌벌 떨며 서 있다. 거센 바람 소리.

한 손에는 휴대폰, 다른 한 손에는 동화책을 쥐고 있다. 아래를 보고
겁에 질린다.

휴대폰을 꺼내 어딘가로 전화를 하려다가 주저한다.

서진　　여기가 이랬나? 꼭 처음 와보는 것 같지? 이런 데
　　　　서 혼자 그걸 만들고 있었던 거야? 그땐 널 몰랐
　　　　나 봐. 알고 싶지 않았나 봐.

무대는 말들의 집, 옥상, 경찰서로 경계 없이 나뉘고 합쳐진다.

말들의 집

진주, 말들의 집으로 등장. 이어서 선생, 엄마, 아빠 등장.

기존 말들의 집 소품 등을 활용할 수도 있다.

이전처럼 주위의 소품들을 이용해 말들의 집을 완성해간다.

점점 더 그럴 듯해지고 커진다.

또한 진주가 선생, 엄마, 아빠를 움직여서 말들의 집을 만들 수도 있다.

인형을 다루듯 그들을 의자에 앉히거나 세우기도 하고 어떤 제스처를 취하게도 한다.

진주의 지시에 따라 움직일 수도 있으며 양식적으로 표현된다.

결국 말들의 집은 선생, 엄마, 아빠로 이루어진 말들의 집 / 진의 집 그 자체이다.

진주의 지시에 따라 선생, 엄마, 아빠, 말들의 집을 만들며 다음의 대사를 한다.

그들의 대사는 코러스처럼 서로 섞이고 겹쳐지면서 끊임없이 반복된다.

다음의 엄마 / 아빠 / 선생의 대사는 예시이며, 순서도 상관없고 음절이나 어절이 끊길 수도 있다.

허나 지나치게 혼란스러운 상황은 피한다.

엄마   동시에 어드미션 / 전액 장학생으로 / 난 됐고, 진이 / 소설책 장사 그런 거 몰라 / 학과장님 아빠

아빠   진! / 이제 대학생이네 / 은근 자기 자랑인 것 같지 / 우리끼리만 자랑하자 / 당신 상 받은 책 / 줄을 서던데?

선생   넌 가진 게 많아 / 가지게 될 것도 많고 / 네가 안
기다릴 것 같은데 / 기다릴게 / 기다려줘.

경찰서.
경찰, 동화책을 읽는다. 이하 계속.

경찰   …말들의 집 주인에게 사로잡혔습니다.

서진, 경찰의 목소리를 듣고 말들의 집 쪽을 본다. 놀라며

서진   진주야!

진주, 선생과 엄마와 아빠의 웅성거리며 반복되는 대사 때문에 듣지
못한다. 계속해서 선생, 엄마, 아빠를 지시하고 움직이며 말들의 집
을 만든다.
서진, 말들의 집 쪽으로 다가가며

서진   진주야! 뭐 하는 거야?

진주, 서진을 발견하고 반색한다. 어쩐지 의기양양하다.

| 진주 | 어때? 이제 거의 다 됐어. 안 그래도 너 보여주려 그랬는데. |

서진, 진주의 행동을 방해하며

| 서진 | 뭐라고? 뭘 보여줘? 이런 것 좀 그만해! |
| 진주 | 왜 이래? |

진주, 서진을 제압하고 계속 말들의 집을 만든다.
진주의 지시에 따라 선생과 엄마와 아빠, 다음의 대사를 하며 말들의
집이 되어간다.
다음의 대사 역시 예시이며, 섞이고 겹쳐지거나 반복된다.
다만, 문장보다는 점점 단어로 분절된다.
경찰이 대사를 할 때에는 일시 정시 상태일 수도 있다.

아빠	하버드 / MIT / 전액 장학생
엄마	우리 학과장님 / 소설가
선생	네가 처음 / 좋았는데

| 경찰 | 집주인은 아이들에게 말들을 마음껏 먹게 했습니다. 살을 찌워 잡아먹으려 했지요. |

서진   지금 네 꼴이 어떤지 알아? 야! 이진주!

진주   이진주? 왜 내가 진주야? 난 진이야!

서진   그만하라고!

진주와 서진, 말들의 집을 두고 옥신각신한다.

그러는 동안 서진, 동화책을 바닥에 떨어뜨린다.

경찰   어느 날 집주인은 아이들을 잡아먹으려 했어요.

말들의 집은 진주의 지시에 따라 모습을 갖췄다가 서진에 의해 무너

지기를 반복한다.

선생, 엄마, 아빠는 말들의 집이 무너지면 다음의 예시 대사를 하며

다시 만든다.

아빠   우리끼리 / 자랑하자

엄마   내 자랑 / 우리 딸 / 멋진 남친

선생   사랑해 / 기다려줘 / 기다릴게

서진   이게 다 무슨 소용이야? 이러면 좋아?

진주   좋냐고? 좆나 행복해!

경찰   아이들은 도망갈 수 없었습니다.

선생, 엄마, 아빠는 위의 대사 중 몇몇 단어만 끊임없이 반복한다.
그들의 웅성거리는 소리는 노래 같기도 하고 주문 같기도 하다.

아빠   자랑하자.

엄마   장학생.

선생   사랑해.

경찰   집주인은 오븐에 불을 지폈습니다.

서진   넌 이진주야. 그것도 가장 끔찍한 이진주!

진주   (싸늘히 웃으며) 그래? 진주 때문에 내가 진이 아니
             라는 거잖아.

서진   (무섭다.) 뭐?

선생, 엄마, 아빠의 웅성거리는 대사가 한순간에 멈춘다.
선생, 엄마, 아빠 한목소리로

세 사람   우리가 진을 만들었어.

진주, 그들을 배경으로

진주   난 진이야! 내가 진이야!

세 사람의 대사를 코러스처럼 반복할 수도 있다.
서진과 진주의 몸싸움이 계속될 수도 있다.

경찰   집주인은 불이 잘 붙었는지 살펴봤어요. 그때!

서진, 딸들의 집을 힘껏 밀어 무너뜨리려고 한다.
딸들의 집이 무너지려 한다.

서진   지금 너는 네가 아니야!

진주, 겨우 딸들의 집을 유지하며

진주   이게 다 진주 그년 때문이야. 그래서 쌤도 자꾸 나
        를 피하는 거야.

경찰   아이들은 집주인을 오븐으로 밀어 넣었어요. 온

힘을 다해.

서진　　넌 진이 아니야!

서진, 말들의 집을 무너뜨린다.

진주　　아아아! 안 돼!

진주, 넋이 나간 표정으로 무너진 말들의 집을 본다.
무너진 말들의 집 속에서 초라한 말들의 집이 드러난다.
3장에서 진주가 만든 기존 말들의 집이다.

긴 사이.
거센 바람 소리.

진주가 서 있던 곳은 옥상 난간이 된다.
서진, 진주 옆 옥상 난간에 선다.
나란히 선 진주와 서진.

둘의 모습은 위태롭다.

서진, 진주를 본다.

진주, 서진을 보지 못한 채로 혼잣말처럼

진주　　　근데 넌…, 진을 죽이려 했네?

진주, 겨우 남은 초라한 말들의 집을 보며

진주　　　저걸 없애야 내가 완전한 진이 될 수 있어. 아무도
　　　　　　무너뜨릴 수 없는 진이 될 수 있어.

엄마, 아빠, 선생은 무너진 말들의 집 주변에서 진주와 서진을 본다.
경찰, 동화책을 든 채로 진주와 서진을 본다.

경찰　　　도와달라고 소리쳤지만 아무도…, (겨우) 아무도
　　　　　　도와주지 않았어요.

서진, 진주를 본다.
진주, 객석을 향해

진주　　　그걸 원하잖아. 진주 같은 년, 쓰레기 같은 년이라
　　　　　　며! 꼴도 보기 싫다며! 죽어버리라며! 진주를 없

애버려! 난 진이야!

서진, 진주를 보며 자신의 입을 손으로 틀어막는다.
진주, 옥상 난간 끄트머리에서 자신의 휴대폰을 떨어뜨린다.
휴대폰 부서지는 소리.

서진   내가 널 놓쳤어⋯. 진작 알았더라면, 진작 얘기를
            했더라면⋯.

멀리서 사이렌 소리가 들린다.

10장 서진의 진술

서진, 혼자 객석을 향해 앉아 있다.
한쪽 바닥에는 동화책이, 다른 쪽 바닥에는 진주의 휴대폰이 떨어져
있다.

서진　　　문자가 왔어요. 마지막으로. "진을 죽이려 했네 ㅋ
　　　　　ㅋㅋ" 뭐지? 화나서 장난치는 건가? 처음에는 지
　　　　　워버리려고 했어요. 근데 그 이후로는 진주까지
　　　　　지워버리는 것 같아서….

서진, 주변(옥상)을 보며 일어선다.

서진　　　진주는 뭐뭐인 척하는 애가 아니었어요. 아니, 그
　　　　　걸 못 하는 애였어요. 진주가 쓴 글도 진주 같고.
　　　　　그래서 진주가 진 어쩌고 할 때 더 몰랐던 것 같아
　　　　　요.

진주, 옥상으로 들어온다. 머리가 젖어 있다.
무심히 옥상 놀이를 할 수도 있다.

서진　　　진주 따 시키는 건 알았죠. 그래도 애들은 옥상을 모르니까, 괜찮았어요. 저도 처음에는 왕따나 소문 때문에 진주가 죽은 줄 알았어요. 근데 생각할수록 진주의 마지막 행동도 이상하고, 그 이유만은 아닌 것 같은데…. 만약 일기를 못 봤으면 몰랐겠죠. 진주가 진으로 살고 싶어서 그렇게까지 할 줄은…. 아니에요. 제가 알 수도 있었어요. 제가 조금만…. 아니 그것보다…. 저, 학교 빠졌던 날 뭘 할지 몰라서, 뭔가, 막 무섭다는 기분도 들고 그랬던 날. 문득 이런 상상이 드는 거예요. 만약 내가 진주였다면, 지금 뭐 하고 있을까? 내가 진주라면…, 그렇게 상상하니까 갑자기, 왜인지는 모르겠는데, 기분이 엄청 좋아졌어요. 그전까지는 되게 무서웠는데, 아무렇지도 않았어요.

경찰, 무대 한쪽(경찰서)에서 동화책을 읽는다.
서진, 경찰의 소리를 듣지 못한다.

경찰　　　말들의 집 주인은 오븐 속으로 사라졌어요.

서진　　　진주는, 성적표 나온 날에도 자기 글 보여주는 애였어요. 세상 스케줄과는 상관없는 애. 처음부터 그랬어요. 그랬는데….

경찰   아이들은 집 밖으로 뛰어 나갔습니다. 여전히 숲 속은 캄캄했습니다.

서진   진주가 없으니까 도무지 갈 데가 없었어요. 진주 한테 물어보고 싶은 게 많은데, 뭘 물어야 할지도 모르겠고…. 학교, 학원, 독서실, 가야 할 곳은 정 말 많은데, 갈 데가 없었어요. 다들 괜찮아질 거라 고 했지만, 전 그냥, 아무 데나 버려진 기분이었어 요.

진주, 바닥에 떨어진 동화책을 집어서 서진에게 다가간다.
서진, 진주를 발견한다.
참다가

서진   네가 그런 줄 몰랐어. 넌 교과 시간표 같은 건 상 관없었잖아. 날 부러워하게 놔두면 안 됐는데…. 내 소문으로…, 네가 진을 만들 줄은…. 그렇게까 지 될지 몰랐단 말이야! 나도, 네가 부러워서 그랬어. 나도 진짜 네가 부러워서…. 진주야, 미안해.
진짜로. 진짜 너를 보고 싶어. 우리 다시 얘기할
수 없을까? 옥상에서. (터지듯) 나하고 같이 땡땡
이치기로 했잖아. 네가 버린 돗대 나눠 피우고 싶
어…. 진주야, 내 말을 들어주는 사람이 아무도 없
어.

경찰   그때 어디선가 아이들 부르는 소리가 들렸어요.

바닥에 떨어진 진주의 휴대폰이 깜박거린다.
(서진과 진주, 서로를 부를 수도 있다.)
진주, 동화책을 서진에게 준다.
전화 연결음이 나지막이 들리기 시작한다.
1장 초반의 연결음과 같은 소리.
다음 대사의 배경음악 같다.
(진주, 서진을 안아줄 수도 있다.)

경찰   숲속은 무섭지 않았습니다. 혼자가 아니었으니까
요. 그리고 저 멀리에서 불빛이 보였어요.

휴대폰 불이 완전히 들어온다.

경찰 아이들은 불빛을 향해 걸었어요. 아이들은 불빛을
보며 무사히 숲속을 벗어났어요.

11장 그녀들의 옥상: 끝 또는 시작

옥상.

전화 연결음이 조금씩 커지며 계속 이어진다.

진주, 혼자 옥상에 있다.

아직 전화를 받지 않은 상태. 휴대폰 액정만 보고 있다.

서진, 휴대폰으로 누군가에게 전화를 걸며 옥상으로 올라오다가 진주를 발견한다.

서진과 진주, 서로를 발견하고 약간 멈칫하며 경계한다.

서진　　　전화 왜 안 받아? (전화를 끄며) 모르는 번호라서?
　　　　　그거 내 전화.

전화 연결음이 멈춘다.

진주, 여전히 서진을 경계하는 듯

서진　　　역사 선생님한테 물어봤어. 네 번호. (머뭇거리다
　　　　　가) 여기 있을 줄은 몰랐네.

진주, 여전히 말이 없는데

서진   이진주, 맞지?

진주   나?

서진   야, 여기 너 말고 또 누가 있니? 난 이서진.

진주   알아.

서진   혼자서 뭐 해? (사이) 여기 너만의 뭐, 그런 거야?
        아지트?

진주   아니, 그런 게 아니라….

서진   에이, 아닌 게 아닌데?

진주   (어색하게) 전화는… 왜?

서진   아니, 뭐. 그냥.

진주   나하고 있는 거… 다른 애들이 보면, 너도 학교 다
        니기 힘들 텐데. (머리를 긁적이더니) 봤잖아?

서진, 진주의 젖은 머리를 본다. 안타까운 듯

서진   애들이 그러는 거…, (말을 찾다가) 그래도 우리 학
        교 인기 짱 역사 선생님이 너 좋아하잖아. 네 번호
        도 거의 외우고 계시더라.

진주   (머뭇거리다가) 내가 불쌍한가 봐. (사이) 너도 그

선생님 좋아하지?

서진   안 좋아하는 애가 있냐? 그래서 애들이 너한테 더 그러는 거야. 부러워서.

진주   애들이 부러워하는 건… 너잖아.

서진   나? 치이, 그러라고 해. 아무것도 모르면서. (사이) 난 걔들, 하는 말 안 믿어.

진주   우리 엄마?

서진   (당황하며) 아니, 그런 게 아니라….

진주   에이, 아닌 게 아닌데?

진주, 자신이 말해놓고 놀라는데

서진   (놀리듯) 어? 어, 이거 이거…. 남의 말이나 따라 하고. 너, 그거 있잖아. 응모한 글. 재미있던데?

진주   어? 어떻게 알아?

서진   야. 나도 편집위원이거든? 난 그냥 신자고 했는데 애들이….

진주   알아. 『헨젤과 그레텔』 베꼈다고.

서진   그게 왜? 과자로 지은 집이 아니잖아. 과자가 아니라 말들로 만든 집. (장난치듯) 애들이 말들을 마구 먹고….

진주   됐어. 난 괜찮아.

서진   근데 그 얘기, 끝이 뭐야? 애들은 어떻게 돼?

진주, 서진을 보며 겨우 웃는다.

주머니에서 먹던 빵을 꺼내 서진에게 건네며

진주   먹을래?

서진   응! 야, 이거 봐라? 나하고 불량한 입맛이 같네?

진주와 서진, 빵을 나눠 먹는다.

서진   내 번호 저장해. 나도 네 번호 저장했으니까.

서진, 진주가 어쩐지 좋아하지 않는 모습을 본다.

서진   너 애들 때문에 번호 계속 바꾼다며? 다른 애들한

테 안 가르쳐줘. 걱정 마. 뭐 해? 얼른 안 하고. 이

상한 거 안 보낸다니까.

진주, 머뭇거리는데

서진	어허, 언니 말씀하시는데, 얼른.
진주	(웃으며) 우리 둘 다 이름에 '진'이 들어가네?
서진	어? 그러네. 그래서?
진주	네 번호 진이라고 저장할래. 혹시 애들이….
서진	(재미있다는 듯) 그래? 그러면 나도 그럴까?
진주	너도 그렇게 해.
서진	진? 오케이.

진주와 서진, 휴대폰에 서로의 번호를 저장한다.

두 사람, 휴대폰을 주머니에 넣고 먼 산을 본다.

진주	하늘 진짜 가깝지?

서진, 하늘을 올려다보며

서진	이렇게 높은 데 있으니까, 내가, 내가 아닌 것 같아. 아, 내년이면 고3인데 남친도 없고…. 너, 키스 해봤어?
진주	뭐? (놀라서) 몰라.
서진	어? 해봤다는 건데? 누구랑?
진주	아니야.

진주, 당황해서 빵가루를 흘린다.

서진　　　（놀리듯） 어라? 이거 반응이 과격하다?

진주, 처음으로 밝게 웃는다. 서진을 물끄러미 본다.

진주　　　우리 앞으로 뭐가 될까?

서진　　　글쎄, 뭔가가 되겠지. 지금의 나는 아닐 거야.

진주　　　그렇겠지? 나도 지금의 내가 아닐 거야.

서진과 진주, 하늘을 본다.

차츰 조명이 어두워진다. 해가 지는 것 같다.

막.

작 가 노 트

우리는 누군가가 되고 싶습니다.

「말들의 집」은 누군가가 되고 싶은 여고생들의 이야기입니다. 누군가가 되고 싶다는 건, 지금은 그 누군가가 아니기 때문이겠지요. 한편으로는 지금의 나를 별로 좋아하지 않기 때문이기도 한 것 같습니다.

물론 자신이 꿈꾸는 누군가가 되기 위해 땀 흘리는 모습은 매우 멋지고 가슴 뛰는 일입니다. 누군가라는 말 대신 장래 희망 또는 롤모델이라고도 부를 수 있을 것입니다. 하지만 땀 흘리고 가슴 뛰는 지금의 나를 별로 좋아하지 않는다면, 그건 매우 슬픈 일입니다. 「말들의 집」은 지금의 나와 누군가 사이에서 아파하는 친구들의 이야기입니다.

제가 미성년이었을 때 '미성년자 관람불가'라는 말이 참 싫었습니다. 물론 나이 때문에 볼 수 없는 연극이나 영화 때문이었겠지요. 그런데 그 말이 싫었던 더 큰 이유는 미성년이라는 이유로 당시의 나를 아직 무엇이 되지 못한 사람 취급했기 때문이었습니다. 이제 성년이 된 지도 너무 오래되어 기억이 가물거리지만, 그때를 생각해보면 이미 나는 어떤 '나'인데, 어른들은 아직 나를 하나의 나로 봐주지 않았던 것 같습니다.

어쩌면 우리는 '성년'과 '미성년'이라는 말의 틀로 청소년을 구분하면서 사회에 편입되지 않은, 혹은 아직 못한 주변인으로 대상화하는지도 모르겠습니다.

아직 하나의 나로 봐주지 않았던 시선에 대해 얘기하고 싶었습니다. 성년이 되지 못한 주변인들, '너는 이렇게 성년이 되어 사회 안으로 들어오라'고 강요하는 현실이 어떤 비극을 품고 있는지 찾아보려고 했지요.

그 길에서 두 명의 여고생을 만났습니다.

왜 '남고생'이란 말에 비해 '여고생'은 자주 들리는 것 같을까요? 작가나 배우들에게도 비슷한 호칭이 있지요. '남작가', '남배우'란 말은 잘 안 쓰는데 '여류작가', '여배우'란 말은 종종 들립니다. 여고생에게 그 시선의 억압이, 누군가여야만 한다는 현실이 더 아프게 찌르는 것 같습니다.

「말들의 집」이 비슷한 아픔을 이미 겪었거나 겪고 있는 이
들에게 위로가 되기를 바랄 뿐입니다.

함께 전구를 가는 법

목정원(연극평론가)

나는 여자 중학교를 나왔다. 언덕 위 학교에서 미끄러운 마룻바닥을 달려 매점에 가고, 수다를 떨고, 좋아하는 가수의 새 음반을 함께 듣고, 벌을 서고, 시험을 보고, 봄이 오면 뒷산 벚나무 아래서 도시락을 먹었다. 날이 좋을 땐 푸른 바다 끄트머리가 저 멀리 내려다보이기도 했던 운동장. 학교는 우리가 졸업한 다음 해부터 남녀공학이 되었고, 그러므로 어떤 의미에서는 이 세상에서 영영 사라졌다. 그러나 사라진 시절은 도리어 그 모습 그대로 박제되어 영원히 남는 것일까. 마치 세상의 모든 연극이 하룻밤 무대의 생을 마치고 사라져 오래도록 우리의 마음에 남듯이.

지금도 눈을 감으면 반짝반짝 빛나던 내 여자 친구들의 웃는 얼굴이 떠오른다. 하루하루 고단하기도, 지루하기도, 힘겹

기도 했던 것은 사실이지만 만약 다시 과거로 돌아갈 수 있다면 주저 없이 그 시절을 꼽을 만큼 철없이 즐거웠다. 그러나 정말로 선택하게 된다면 나는 아마도, 결코 그때로 돌아가지 않을 것이다. '이 모든 괴로움을 또다시'. 그때, 단발머리에 교복을 입고, 다 알지 못하면서도 좋아서 품고 다니던 전혜린의 수필집, 그 제목의 의미를 이제는 정말로 다 아는 어른이 되었기 때문이다. 많은 죽음을 겪었고, 세상의 어둠을 보았고, 아득한 슬픔과 뼈아픈 환멸을 알았다. 얼핏 그 무엇으로부터도 침해받지 않은 것처럼 보이던 그 시절의 행복조차 완전한 것이 아니었음을 이제는 안다. 왜냐하면, 우리는 행복했지만, 세상 속 우리가 발 디딜 수 있는 곳은 그 언덕 위 운동장보다도 좁았기 때문이다. 우리는, 여학생들은, 세계의 그늘에 가려져 있었다.

세 편의 희곡을 살펴보면서 그 시절 나와 내 친구들이 이것을 읽었더라면, 연극으로 무대에 올렸더라면 어땠을까 수차례 생각했다. 우리의 세계에서 우리는 언제나 주인공이었지만, 우리가 읽는 작품들 속에서는 아니었다. 초등학교 6학년 때 연극반이던 나는 가죽 재킷에 긴 부츠를 신고 빨간 립스틱을 바른 채 춤추고 놀다가 죽어 염라대왕을 만나 지옥 불에 떨어지는 여자를 연기했다. 딴에는 '연기파'에게 주어지는 역할이라며 자부심을 느꼈지만, 돌아보니 나는 연극 속에서 세계의 비뚤어진 시선을 충실히 답습했을 뿐이었다. 여자는 주인공이 아니고, 그녀의 삶의 이야기는 중요치 않고, 여자는 가령 함부로 몸을 놀려서는 안 되며, 그랬다가는 남성 중심의 지배 권력으로부터 벌을 받을 것이었다. 그리고 그 시절 우리는 이토록 뿌리 깊은 각종 담론의 그림자에 대해 무지했다. 우리를 대변하는 희곡 한 편 없다는 것이 단지 예술작품에서뿐만 아니라 세계 내에서 우리의 자리가 없음을 의미하는 것인 줄 알지 못했다. 언덕을 내려가는 하굣길, 멀리서 한 남자가 달려와 친구와 나 사이를 가르며 양손으로 우리의 몸을 훔치고 달아났을 때에도, 우리는 그저 너무 놀랐을 뿐, 그에 관해 무엇도 발화할 수 없었다. 여학생들은 다만 놀란 가슴을 안고 서로의 안위를 물었다. 너 괜찮니, 나는 괜찮아. 세계의 바깥, 선연히 몸에 새겨진 모든 두려움과 당혹과 상처들은 오직 우리만 아는 이야기였다. 부끄러워 비밀에 부쳤던.

"코끝이 따갑고, 팔다리가 어색해, 아랫배가 묵직해, 발톱이 낯설어, 어깨가 불편해, 눈썹이 간지럽고, 눈꺼풀이 갑갑해."
(「고등어」)

이제 여학생들의 지워진 몸은 세 편의 희곡에 의해 무대 위로 소환된다. 주인공들은 공통적으로 바로 그 자리, 담론의 폭력으로 에워싸인 곤란하고 불편한 그 자리에서 출발한다. 그리하여 혜주의 자취방 욕실에, 혹여 감전될까 겁이 나서 갈지 못하는 전구가 위태롭게 깜박거린다. 휴대폰으로 검색하니 이런 문장이 나온다. "혼자서 전구 가는 법. 새 전구를 사기 전에 일단 전구가 무엇인지 알아야 합니다."(「좋아하고있어」) 혜주를 주저하게 한 것은 그러므로 실상 감전에의 두려움이 아닌, 아는 것에 대한 두려움이다. 무엇을? 스스로를 아는 것. 세상의 강요와 억압 너머에서 자기 자신이 누구인지 아는 것. 주인공이 되는 것. 여학생들에게는 그것이 필요하다.

"나는 어쩌면 책상, 아니면 그 밑에 의자, 아니면 테이블 위의 물컵? 분명히 있는데… 그냥 있을 뿐이야."(「고등어」)

답답한 자신이 제일 답답하다며 일기장 속으로 숨어들던 지호는 남몰래 동경하던 경주와 친구가 되어 행복하지만, 정작 경주가 사라지자 무력함을 느낀다. "경주에 대해서 아는 게 없어. 친구라고 좋아만 했지, 보고 싶은 것만 보려고 했지, 알려고 하지 않았어."(「고등어」) 돌이켜보면 서로에 대해 아는 것이 없던 날들, 우리가 누구인지 우리도 몰랐던 날들이었음을, 여학생들은 아프게 깨닫는다. 세상이, 어른들이, 친구들이 쌓아가는 말들 속에 그들은 너무 오래 갇혀 있었다.

"나도 모르는 나를, 나보다 어쩜 그렇게 잘 아시는지." (「말들의 집」)

진실인 양 떠돌아다니는 자신에 대한 거짓 소문에 서진은 냉소를 머금지만, 그 거짓은 무서운 힘이 있어 때로는 진실을 뒤흔든다. 급기야 자살한 진주의 이름을 제 이름으로 얘기한 서진은 진실을 말하면 도와주겠다는 경찰에게 되묻는다. "도와주기는? 말을 하면 뭐가 나아져요? (…) 집에 갈래요. …사건다운 사건이나 처리하세요."(「말들의 집」) 세상의 말들에 둘러싸여 자신이 누구인지 스스로도 알 수 없던 여학생들은 그렇게 침묵한다. 묻지도 않고 미리 단정해버리는 이들 때문에, 말해봐야 도움을 받을 수 없으며, 혹은 그럴수록 상황은 더욱 악화될 거라서, 아니면 세상의 편견이 또다시 그들을 재단할 것이기에. 그러므로 혜주의 다음 대사는 우리의 마음을 아프게 한다. "내가 레즈비언이라고 말하면 다른 사람들은 나를 안 보잖아. 그게 내 전부가 아닌데."(「좋아하고있어」)

계속해서 입을 다무는 서진을 다그치며 경찰은 말했다. "이름 하나 듣는 데만도 시간을 얼마나 낭비했는지 알아요?"(「말

들의 집」) 그러나 목소리를 박탈당한 여학생들에게서 진짜 이
야기를 끌어내려면 우리는 응당 시간을 낭비해야 한다. 오래
은폐된 아픔들을 들추어내는 데는 시간과 인내가 필요하다.
연극이라는 것의 본령은 그렇게 시간을 들여 주어진 단서들
을 하나씩 풀어가는 데 놓여 있지 않던가. 그 가운데 '사건다
운 사건'조차 아니던 여학생들의 이야기가 비로소 '사건'으로
인식되기 시작하는 것. 잊힌 존재들이 도래하는 것.

이때 사건이 풀려가고 서로의 정체와 아픔을 파악하는 데
있어 여학생들의 슬픈 연대는 큰 힘을 발휘한다. 진주는 서진
의 사진을 프로필로 걸어둔 채 비밀 일기를 작성하고, 서진은
경찰에게 자신의 이름이 진주라고 한다. 서진을 조사하던 경
찰은 그 덕분에 발견한 진주의 일기를 서진에게 보여준다. 두
사람이 공감과 연대 속에 서로의 존재를 아프게 뒤섞지 않았
더라면 결코 밝혀지지 않았을 일들, 미처 사건이 되지 않았을
사건들이 드러난다. 그때 무대 위의 인물 중 서진에게만 진주
가 보이고 그녀의 말이 들리는 장면은 의미심장하다. 오직 그
들끼리만 알던 것들, 끝끝내 그들만이 이해할 수 있는 진실
이 있었다. "제가 오늘 왜 옥상에 올라갔는지… 알 것 같아요."
(「말들의 집」) 서진은 진주의 자리, 그 옥상으로 언제나 찾아가
는 친구였다. 그들은 같은 시간 같은 장소에 있었고, 죽음 이

후로도 거기서 돌연 고통이 공감되고 존재가 이해되었다. '정말로 살아 있는 고등어'를 보기 위해 통영으로 도망쳐 배에 오른 경주가 자기를 둘러싼 세상의 말 중 어디까지가 진짜이고 어디까지가 가짜일지 묻자 지호는 이렇게 답한다. "근데 우리, 지금 여기 있잖아. 그건 진짜 아냐?"(「고등어」) '지금 여기'에서만 발생하는 진실. 그것은 일회성과 현장성을 특징으로 하는 연극 예술의 근원적 힘과 맞닿아 있다. 그 아름다운 생의 무대에 남아 경주는 말한다. "나… 지금, 여기 있어. 늘 거기 없는 사람처럼 살았어. 여기 조금 더 있어볼래. 뭐가 있을지."(「고등어」)

이때 여학생들이 모든 것을 다 알게 된 건 아니다. 도리어 그들은 다 알 수 없는 것으로서 남겨진 서로의 존재를 인정하게 되었을 뿐이다. 연극이란 어떤 것을 알아가는 과정이자, 다 알지 못해도 괜찮다는 것을 깨닫는 과정이 아닐까. 여전한 질문과 모험을 거쳐 그들은 이제 다만 서로의 소중함을 말한다. 서진이 진주에게, 지호가 경주에게, 혜주가 소희에게 있는 모습 그대로 너를 좋아한다고 말한다. 서로가 누구인지 알아서가 아니라 좋아하는 마음, 보고 싶은 마음이 먼저여서, 다만 그 좋아함으로 서로를 지탱하는 여학생들. 어두운 욕조 속에 한참 동안 잠겨 있던 혜주가 마침내 일어나 전구를 간다.

자신의 한 부분을 인정하고 한 걸음 발을 내딛는 그때, 그녀는 혼자 전구를 간 것이지만, 무대 위에서는 친구들이 혜주를 도와준다. 소희가 새 전구를 내밀고, 지은이 의자를 잡아준다. 그렇게 혜주는 아무런 위험 없이 전구를 잡는다. 자기의 존재를 찾고 불을 밝힌다.

"걱정하지 마. 우린 아직 젊고! (…) 이게 내 전부는 아니니까."(「좋아하고있어」)

다 알 수 없는 허다한 모습을 서로가 품고 좋아한, 찬란했던 그때의 '지금 여기' 속에서 함께 존재한, 나보다 먼저 아팠던 친구들에게 이 희곡집을 건네고 싶다.

여학생

1판 1쇄	2017년 11월 30일
1판 3쇄	2022년 2월 4일
지은이	배소현, 황나영, 박춘근
펴낸이	김태형
펴낸곳	도서출판 제철소
등록	2014년 6월 11일 제2014-000058호
전화	070-7717-1924
팩스	0303-3444-3469
전자우편	right_season@naver.com
인스타그램	instagram.com/from.rightseason

© 배소현, 황나영, 박춘근 2017

ISBN 979-11-88343-03-4 43810